Te juro que es por tu bien

SUSANA IBÁÑEZ

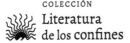

COLECCIÓN
Literatura
de los confines

**Te juro que
es por tu bien
Susana Ibáñez**

Copyright © 2020 Susana Ibáñez
Copyright © 2020 Palabrava

Publicado en Estados Unidos por Pro Latina Press
www.prolatinapress.com

Segunda edición, 2021

Editores: Patricia Severín y Maria Amelia Martin
Imagen de cubierta: Pablo J. López
Diseño gráfico: Noelia Mellit y Álvaro Dorigo

ISBN 97817377458-6-0

Te juro que es por tu bien
SUSANA IBÁÑEZ

▶ Pro Latina Press

PALABRAVA

Índice

La aguja en el ojo 9
Me verás volver 69

La aguja en el ojo

...el tiempo es un árbol que no cesa de crecer

Blanca Varela, *Así sea*

1

¿Vos eras varón o mujer?, me pregunta Doris cuando pasa a mi lado, y sin esperar respuesta se sube al taxi. La cabeza le tiembla casi tanto como la voz. La sobrina acomoda una valija en el asiento del acompañante, toma su lugar junto a ella y le dice algo al taxista, supongo que una dirección. Me quedo en la puerta del edificio porque creo que Doris me va a guiñar el ojo por la luneta trasera. Espero de ella un ademán de complicidad, pero no lo hace. El auto se aleja y pronto la pierdo de vista. Sé que antes de llegar a la esquina me habrá olvidado.

Si yo era varón o mujer fue lo primero que preguntó cuando llegamos al barrio, casi cuatro décadas atrás. Ese año yo pasaba a segundo grado, así que tiene que haber sido el verano del 83. El edificio al que nos mudamos, ya por entonces venido a menos, me parecía altísimo. El departamento estaba en el primer piso y tenía dos dormitorios y el único atractivo de un patio chico donde el bebé podría jugar. Cuando bajamos con mamá para hacer nuestra primera compra en el almacén de enfrente, Doris aprovechó que nos detuvimos en el semáforo y nos dijo que se llamaba Doris Díaz de Tonali y que si necesitábamos algo le tocáramos el timbre. Señaló una casa sencilla contigua al edificio, en la ochava, con dos ventanas y una puerta verde de metal en medio. La puerta tenía una reja con tres barrotes en forma de lira que protegían una ventanita alargada, y sobre el vidrio había un cartel pegado. Cuando me acerqué para leerlo *(Modista - confección y arreglos - precios módicos)*, oí que ella preguntaba: *¿es varón o nena?*

No sé qué contestó mamá, pero no olvido el porte de Doris aquellos años: el pelo rubio y a la nuca, un poco batido y con el flequillo corto, los ojos negros maquillados de celeste a toda hora, la cintura angosta, los tacos finitos y las manos nerviosas. Me gusta pensar esa primera escena en nuestra historia con ella vestida de seda verde y cuello bote, como Doris Day en *Té para dos*, y me veo con el pelo al hombro, flequillo recto, mameluco de jean y remera, como me vestía por entonces.

Es *Emi*, tiene que haber dicho mamá, que estaba embarazada por esos días. Siempre decía eso, *es Emi*.

Durante toda la escuela primaria me mandaron a hacer la tarea a lo de Doris. Después me di cuenta de que iba a su casa porque mamá tomaba un empleo cada vez que papá nos dejaba por alguna empleada del negocio. A la muerte del abuelo, papá se había hecho cargo de un comercio céntrico que vendía desde medias a lapiceras fuente. En casa siempre teníamos medias nuevas, pero nunca suficientes cuadernos ni lápices. Antes de que naciera mi hermanito, a mi hermana y a mí de vez en cuando nos llevaba a pasar la tarde al negocio, pero ya siendo dueño supongo que se dio cuenta de que no era conveniente aparecer ante su joven empleada como padre de familia, por lo que dejó de hacerlo. La estrategia probó ser exitosa: cada año papá desaparecía unos meses, tragado por los abrazos efusivos de *la chica nueva*, como le decía mamá. Cuando se le gastaba la pasión regresaba, con cara de enojo y aburrimiento, se quejaba de tener que enfrentar un juicio por despido y retomaba su lugar en la mesa del domingo por un tiempo. Imagino que yo todavía no tenía edad para percibir o entender esas mudanzas temporales, o tal vez fuera por mi legendaria distracción. Tan lejano era el mundo que yo había decidido habitar, que cuando papá no vivía en casa yo creía que llegaba muy tarde del trabajo, cuando ya estábamos durmiendo, y que se iba tan temprano que no llegábamos a verlo.

Entendí mucho más tarde que mamá nos ocultó la errática

vida amorosa de nuestro padre con un intrincado sistema de mentiras muy detalladas que incluían viajes, reuniones, amigos enfermos y largas jornadas de remarcación de precios, tal vez la excusa más verosímil. Después de sus ausencias, él reaparecía con regalos importantes, como si todo ese tiempo hubiera estado pensando en nosotros. Lo cuento de esta manera pero nunca tengo la seguridad de que mis recuerdos sean precisos: tiendo a asociar los regalos con el final de cada período de ausencia, pero tal vez solo recuerdo las cosas en ese orden porque así cobran sentido y me reconcilian con lo que nos fue pasando.

2

Fue Doris la que se dio cuenta de que me costaba ver de lejos. Se lo dijo a mamá, después a papá, pero no hicieron nada; mamá, seguro que porque estaba trabajando para costear los gastos que papá no cubría cuando andaba de amores; él, porque cuando estaba en casa siempre tenía ganas de estar en otra parte. A veces nos quedábamos hablando con papá de qué estaba viendo yo en Historia en la escuela. Me sorprendía la cantidad de datos que él era capaz de recordar, desde el año en que murió Julio César hasta el nombre de los presidentes franceses de las diferentes Repúblicas. Siempre había tenido buena memoria, decía, y además la entrenaba a diario por tener que recordar tantos precios. Un día me di cuenta de que le gustaba hablar de la Guerra Civil Española. Cuando me contaba tal o cual detalle, que conocía porque a su vez lo había oído en la casa de su propio padre, siempre se ponía del lado de Franco; eso no me sorprendía, pero me costaba entender que también lagrimeara por Guernica. Lo cierto es que cuando se enteró de que yo no veía bien, no hizo nada.

En la escuela me las arreglaba sin ver de lejos porque en vez de copiar del pizarrón miraba la hoja de mi compañera de banco, que escribía con el cuaderno en diagonal para que yo pudiera leer su letra agrandada a propósito. En las vacaciones de invierno me iba a lo de Doris después de almorzar y me quedaba hasta la noche, así que podía ver *Estrellita mía* y el noticiero mientras la ayudaba con la costura. Doris se quejaba de mi mala costumbre de acercarme demasiado al televisor y me preguntaba si me habían llevado al oculista, pero cuando notó que yo apenas podía enhebrar la aguja para hilvanar los ruedos, se calzó la cartera bajo el brazo, me agarró de la mano y, sin decirles nada a mis padres, me llevó a lo de un médico amigo. Alta miopía, astigmatismo y ambliopía, fue el diagnóstico. *Tenés un ojo como dormido*, dijo el hombre, *y corrés peligro de que se desvíe si no empezás a usarlo más*. Necesitaba anteojos permanentes lo antes posible para detener la pérdida de visión y la bizquera.

Recuerdo una discusión fuerte entre Doris y mamá. Me mandaron al cuarto que compartía con mi hermana y con mi hermanito y me dijeron que no saliera. Por más que me esforcé por entender de qué hablaban, solo distinguí la voz de Doris, más alta que lo habitual, diciendo *su salud* y *presten atención*. Mamá se mantuvo callada unos días, como si estuviera ofendida conmigo por haberme dejado revisar por un médico. *Siempre mintiendo, vos*, me dijo. *¿Por qué no dijiste que la Doris te llevó al oculista?*

Una tarde, al volver de la escuela, me encontré con un par de anteojos muy gruesos y feos en la mesita de luz, calzados entre un cuaderno de mi hermana y la mamadera a medio terminar del más chico. *Ahí tenés, te los trajo la Doris, seguro que te van a quedar hermosos,* dijo mamá, con una sonrisa curvada hacia abajo que la hizo ver fea. *No basta con todo lo que ya te pasa, parece que además hay que ponerte anteojos...* Doris me dijo que los usara, que era por mi bien. Mis padres, que cada tanto nos llevaban a una guardia pero nunca a un control pediátrico, preferían invertir en una terapia de reorientación y mandarme todas las semanas con un psiquiatra que decía reparar lo que a ellos más les preocupaba: mi forma de vestir y de hablar, mi elección equivocada de juguetes y que hiciera los mejores dobladillos del barrio en vez de estudiar Historia y Formación Cívica, que parecían ser los campos a los que tenía que dedicarme para tener éxito en la adultez. Le dijeron a Doris que no me enseñara a coser porque yo iba a estudiar abogacía; ella les juraba que en su casa yo solo leía y hacía los deberes, pero la verdad era que apenas terminaba con las cosas de la escuela la ayudaba con la costura. Mirábamos las telenovelas y las noticias hasta que mamá me hacía salir con dos timbres cortos. *Mirá que de hacer vestiditos no vas a poder vivir,* me advertía en el ascensor. Nunca subíamos por la escalera porque ahí se estancaba el olor a comida que venía bajando de piso en piso.

En algún momento, creo que hacia el 88, porque en casa se hablaba del Plan Primavera, el psiquiatra se puso caro y mis padres decidieron que, como de todas maneras no estaba cumpliendo sus promesas, era mejor recurrir a un pastor que había abierto un templo a pocas cuadras y tenía fama de efectivo. Me llevaban a hablar con él una vez por semana. Ellos se quedaban conversando con un grupo de conocidos cerca de la salida mientras en la oficina de atrás primero leíamos la Biblia, casi siempre los mismos pasajes del Antiguo Testamento y de las

Cartas de los Apóstoles, y después me ponía las manos sobre las orejas y me hacía mirarlo a los ojos. Me sostenía la mirada un rato largo, con una expresión beatífica que después volví a ver en mis amigos que fumaban faso y en algunas ocasiones después del sexo. Una vez le pregunté por qué no leíamos los Evangelios, pero solo me respondió con su mirada somnolienta.

Cuando empecé la secundaria mis padres me dijeron que ya podía ir a hablar con el pastor por mi cuenta, que no necesitaba que me llevaran. Tomé eso como un permiso para no verlo más, interpretación que confirmé cuando dejaron de preguntarme si había ido al templo o no. Supongo que ya se habían dado cuenta de que, por más elevadas que fueran sus intenciones, con ese método el pastor no iba a resolver la pregunta que le seguían haciendo a mamá cuando la veían conmigo, o que, para escándalo de las profesoras, me hacían en la escuela entre empujones e insultos tanto mis compañeros como mis compañeras. Papá y mamá trataban en vano que me vistiera diferente, pero lo único que yo aceptaba usar era mamelucos de jean. Mamá amenazó con quemar los dos que tenía y nunca lo hizo, pienso que por temor a tener que comprarme nuevos si yo seguía rehusando otra cosa. Los escuché murmurar entre ellos una vez que seguro que yo prefería la ropa holgada para que no se me marcara la forma del cuerpo. Por suerte nunca se metieron con el pelo al hombro ni el flequillo.

3

Pasé con Doris casi todas las tardes de mi primaria, y aun cuando estuve lo bastante grande como para quedarme en casa cuando no había nadie, igual me escapaba a la suya apenas los demás se iban. Ella confiaba a mis manos y a mi miopía las pecheras de nido de abeja y los festones más apretados. Para cuando cumplí catorce me bastaba rozar un género con los ojos cerrados para saber si era sarga o franela, raso o tafeta, crepe, chiffon o el muy ocasional guipur y tenía criterio propio en cuanto a cómo accesorizar los conjuntos. La palabra *accesorizar* todavía no se usaba, pero se sabía que a los atuendos había que realzarlos con peinado y complementos apropiados.

En la reconstrucción que hago de mis años en ese barrio tiendo a pensar en términos de grandes eras, empezando con la Pasión del Ferretero, seguida al poco tiempo por la Guerra de las Modistas. Atraviesa esas dos primeras épocas un fenómeno histórico prolongado que terminó en desgracia, el de las borracheras recurrentes del marido de Doris, situación que desembocó en la Misteriosa Muerte del Tona y su Incomprensible y Prolongado Duelo.

Delmiro Tonali tenía un bar, pero Doris prefería decir que gerenciaba un restaurant. A veces pasábamos por ahí con mamá cuando íbamos al Centro a comprar algo y a vigilar a papá. Ella tomaba por esa calle a propósito, porque no quería que yo perdiera la perspectiva. Me apretaba la mano y me decía: *No idealices a las personas, Emi, que nunca son lo que parecen. No pierdas la perspectiva.* Yo no sabía qué era la perspectiva, así que cuando pasábamos por la vidriera oscura y breve del barcito del Tona pensaba que había que recordar que las cosas siempre son más angostas que lo que parecen.

Doris insistía en que lo del Tona era un restaurant porque al mediodía preparaba minutas para los empleados de comercio y a la noche servía hamburguesas hasta eso de las diez, cuando en el Centro ya no quedaba nadie. *Lo que no te dice la Doris*, completaba mamá con los labios angostados por la rabia, *es que a partir de las diez eso es un antro.* Yo tampoco sabía qué era un antro, pero la entonación que le daba mamá a la palabra evocaba lugares cóncavos, húmedos y oscuros.

El Tona volvía a casa a la madrugada, dormía toda la mañana y se iba al mediodía. Nunca lo vi salir del baño recién duchado. Doris parecía contenta cuando las cosas funcionaban así. *El secreto de un buen matrimonio es verse poco*, me decía, apretando en el costado de la boca un par de alfileres con bolitas de colores. *Igual, nunca te cases. ¿Vos no te querés casar, no?* Yo sacudía la cabeza con energía, lo que movía mi pelo lacio como si fuera una cortina de oro y miel. Así decía ella, *tenés el pelo de oro y miel, Emi*.

Había épocas en que el Tona pasaba días sin levantarse o no volvía a casa por la madrugada. A mamá, que para papá encontraba mil excusas, para el Tona no le quedaba imaginación. *Es que estará con su amante*, decía, *estará besando la botella en ese tugurio*. Hubo una época en que yo pensaba que el Tona en serio se había enamorado de una mujer de apellido Botella, que iba a buscarlo a su antro y que ya había entendido cómo funcionaba la perspectiva en los tugurios.

Mientras el Tona no se levantaba de la siesta todo era normal en casa de Doris. Yo hacía la tarea, miraba la telenovela y la ayudaba con la costura. Si el Tona no volvía, tampoco había problemas. Pero a veces se despertaba a la tarde, me veía con su mujer y me gritaba cosas que he aprendido a olvidar. En esas ocasiones Doris me pedía que no le contestara y que no me fuera hasta que él se volviera a dormir. *Es más seguro que te quedes un rato más*, me decía, y cuando mamá tocaba sus dos timbres cortos, Doris salía a hablar con ella. Entonces mamá me dejaba quedarme a cenar y volvía muy tarde, daba dos golpecitos en la puerta para no despertar al Tona y me llevaba a casa. Ya por entonces yo pensaba que era mejor ser escudo humano en lo de Doris que escuchar las quejas de mis padres sobre mi ropa, mis notas y mi gusto por las telenovelas. *Ay, esa voz, Emi*, decían cuando los irritaba mi manera de hablar. *¿No ves que la gente te mira si caminás así? Si no cambiás no vas a encontrar a nadie que te quiera. Por tu bien te lo digo.*

La Pasión del Ferretero fue un episodio en nuestras vidas que, según recuerdo, empezó cuando cumplí quince, porque Doris pensaba que yo tenía edad suficiente para entender sus confidencias. La obra social me había autorizado a cambiar los armazones de los anteojos y ahora se me veía un poco más a la moda, pero como no había pegado el estirón aparentaba menos edad. *El ferretero también usa lentes, como vos, y le encanta Menem casi tanto como a mí*, decía Doris, elevando la mirada a la luz del techo del comedor, un plafón donde siempre se juntaban bichitos por más que yo me subiera a la mesa, lo desenroscara, se lo diera a Doris para que lo lavara y después lo volviera a ajustar bien fuerte sin dejar resquicios por los que se pudieran volver a colar.

Así empezaron el romance: una vez que ella fue a la ferretería a comprar tapitas de luz se quedaron conversando sobre Menem. Las charlas se fueron alargando y, para cuando inició la convertibilidad, Doris ya le tenía suficiente confianza como para contarle que con el Tona estaba todo mal. *Vos sabés que mi marido ni me toca*, me dijo que le dijo. Me dio vergüenza que me contara una intimidad semejante, pero una vez que Doris empezaba a hablar de algo no paraba, y yo era la persona más cercana que tenía. Fui su cómplice a partir de ese momento. Doris empezó a hablar abiertamente de cosas que mamá comentaba hacía mucho: de las borracheras del Tona, de cómo tiraba la plata, de los días que pasaba sin aparecer y también de que el ferretero, que resultó llamase Juan Pedro, la había pasado a buscar en auto para llevarla a cenar como si fueran novios. ¿*Y son?*, le pregunté. *Ay, no sé*, me dijo, y se quedó sonriendo un rato largo. Ella nunca lo mencionó, pero todos en el barrio sabíamos que Juan Pedro tenía esposa y mellizos.

Doris empezó a arreglarse más. A mí me parecía ridículo que se pusiera tacos para estar en el taller y que se tiñera cada dos semanas. Compró una sombra de ojos de mejor calidad, rímel negro y hasta empezó a usar jeans y unos cárdigans de trama abierta, velludos y sedosos, que llevaba volcados hacia un costado para que se le viera un hombro. Estaba hermosa. Se reía de nada. Detrás de las orejas se ponía unas gotas del Chanel que él le había regalado y el Tona ni se daba cuenta de que ahora su mujer olía a algo exquisito que no era el almuerzo. Ella se quejaba de él con todas sus clientas. Hasta ese momento había mantenido su desdicha matrimonial en secreto y de vez en cuando decía una que otra cosa buena del Tona, como que administraba un restaurant o que había salido de viaje de negocios, aunque más no fueran mentiras; pero ahora comentaba sus borracheras, que ella llamaba *episodios de ebriedad*, inclusive hablaba de las siestas interminables que seguían a sus grandes curdas, crisis durante las que bebía sin parar hasta que caía desmayado y de las que se levantaba furioso.

Las clientas le preguntaban por qué no lo echaba de la casa. Doris alzaba los hombros y sacudía la cabeza, pero no decía lo que a mí sí me había contado: la casa era de él. Como no tenían hijos, si decidía dejarlo era ella la que tendría que irse, y no había ahorrado lo suficiente para instalarse sola. *Tendría que comprarme todo, Emi, desde los muebles hasta la heladera, todo*, decía. *Acá tengo mi clientela, viste. Y la casa está en la ochava, justo enfrente de la parada de colectivos y al ladito del semáforo.*

Juan Pedro le llevó algo de alegría. Saltaba a la vista que se sentía bonita. Cuando se reía, echaba la cabeza hacia atrás y cerraba los ojos, como si la alegría le saliera como un chorro impulsado desde los talones. Cada tarde, durante las propagandas de *Regalo del cielo*, me hablaba del ferretero. Llegué a conocer toda la biografía de Juan Pedro, o mejor dicho, lo que él le había contado a ella de su vida, y no me parecía mal tipo. Una nochecita, esperando los dos timbres de mamá, Doris anunció que me dejaría cortar crepe. Un poco emocionada, me dijo: *Ya estás grande, Emi, y si podés entender a una mujer enamorada también podés cortar al bies.*

4

Después de las vacaciones de invierno del 91, el Tona pasó varios días tirado en la cama. Cuando se levantó fue derecho al comedor, donde yo hilvanaba una camisa, y me gritó: *¿Vo' so' puto o so' torta? ¿Qué so' vo'?* Soy persona, le dije, atragantándome con la rabia, *y me llamo Emi*. Creo que Doris estaba esperando algo así. Era lo que necesitaba para que el médico que visitaban cada tanto le diera la orden para internarlo en una granja de rehabilitación, donde ella lo llevó con la ayuda de un acompañante terapéutico y de donde regresó callada, sombría. A la semana siguiente cerró el bar porque no sabía de nadie que pudiera atenderlo sin robarle, y al mes le alquiló el local a un quiosco. La ubicación era buena, en el fondo había lugar donde apilar las mesas y las sillas hasta ver qué pasaba con el Tona, y el alquiler que sacaba pagaría la internación, porque decía que no iba a cortar ni un vestido para solventar los gastos de ese infeliz.

Nunca volví a ver a Doris tan alegre como esa primavera. El ferretero la llevó a cenar al casino. Ella pudo usar sus mejores galas y ganó algo en la ruleta. Antes de que Juan Pedro la pasara a buscar se probó medio ropero y me hizo elegir lo que a mi criterio mejor le quedaba. Pero para Navidad el Tona quiso volver y ella tuvo que dejarlo entrar. Él se instaló en el cuarto que antes compartía con Doris y ya no volvió a salir, ni siquiera para averiguar si yo era trolo o torta. Ese dormitorio daba a la callecita transversal, así que se sentaba junto a la ventana y desde ahí, semioculto tras la cortina, en verano en musculosa y en invierno con un pulóver áspero lleno de bolitas puesto sobre el pijama, miraba a la gente pasar y escuchaba la radio. Doris empezó a dormir en un sofá en el otro dormitorio, que años atrás había unido al living con una puerta muy elegante y que usaba como cuarto de prueba. Discutía con Juan Pedro porque él le insistía en que se fuera de esa casa y alquilara en otra parte. Ella sacaba cuentas a diario, pero no había caso: le faltaban años de trabajo para equipar una casa propia. Volvían a discutir, esta vez porque ella le reclamaba que empezaran a vivir juntos de una vez por todas. Juan Pedro, entonces, le dijo que era mejor que dejaran de verse.

Doris se fue poniendo triste, cada vez más triste. Pasó meses sin teñirse, disimulando el gris de la coronilla con una vincha que le aplastaba el pelo y le cambiaba la forma de la cara. Lloraba a escondidas. Yo me daba cuenta porque se le hinchaban los ojos y la sonrisa que forzaba no era suficiente para restablecer la proporción de los rasgos. *Doris*, le decía, *ponete bien aunque sea para seguir siendo linda. Estás sacando las cosas de proporción.* Para ese entonces yo entendía de proporciones y sabía que se relacionaban con la escala y la perspectiva. Estaba aprendiendo a dibujar. Sabía, por ejemplo, que en una cara armónica como la de ella el espacio entre los ojos es igual a un ojo, que la cabeza mide a lo alto siete veces el ancho del ojo y a lo ancho cinco veces un ojo. Pero los suyos ya no eran los de la pasada primavera, así que le dije que si quería volver a ser tan hermosa como Doris Day tenía que poner las cosas en escala, cambiar la perspectiva, *nunca pierdas la perspectiva, Emi*, volver a pintarse los ojos de celeste y salir a comprar figurines.

Para acompañarla ese verano, muchas veces me quedaba a cenar con ella. Mirábamos *Cosecharás tu siembra* y, aunque yo trataba de llevarla a temas alegres, terminábamos conversando, casi siempre, de por qué ella no se había podido hacer famosa como Elsa Serrano, por ejemplo. *No es el barrio, Emi, porque este es un lindo barrio. Es por el Tona, porque las clientas le tienen miedo.* Yo le decía que ella era muy conocida y que poca gente sabía del Tona, que se olvidara de todo lo que había pasado y se pusiera a hacer vestidos de novia, que dejaban buena plata. Le dibujaba modelos en un cuaderno y pedía muestras de tela en las sederías para distraerla, pero lejos de mis palabras y mis propuestas, lo que la desprendió de su estado de tristeza fue el inicio de la guerra de las modistas.

5

La guerra empezó en enero del 93. Yo tarareaba *Arabian Knights* de Siouxsie and the Banshees y seguía el ritmo con los hombros mientras tiraba del hilván de un ruedo en la mesa del taller, que en realidad era la del comedor, cuando Doris entró corriendo con un papel en la mano. *¡Desfachatada, qué* *se cree, qué se piensa, caradura!*, gritaba. *¡Si yo a esa le coso desde que nació! ¡A los nombres en este barrio los bordo yo!*

Gabriela, la hija del almacenero de enfrente, había distribuido volantes para publicitar su nuevo emprendimiento de bordado de nombres sobre delantales, servilletas y bolsitas de jardín de infantes. Mamá después contó en la cena que la chica se había ganado una máquina hermosa que también bordaba, importada era, se la había ganado en un sorteo de Navidad, y hacía días que venía practicando para poner los nombres en las pecheras de los pintores. Ya estaba lista para empezar su propio negocio, dijo mamá, lo que dio lugar a que papá comentara que alguno de nosotros bien podría seguir el ejemplo y ganar algo de plata. Nos miró a los tres hermanos con cara de desaprobación, que en realidad era la única que yo le conocía. Ni preguntarle por la ofensiva sobre Cataluña le hizo cambiar la cara. Mi hermanito me hacía muecas del otro lado de la mesa, imitando la seriedad de papá, pero sus morisquetas no me podían hacer olvidar que acababa de reprocharme que no pagaba por mi comida.

La nuestra era una pobreza disimulada. Cuando papá vivía con nosotros comíamos carne casi todos los días, pero cuando él se iba mamá salía a trabajar de las cosas más diversas. Fue niñera, empleada en un Laverap, maestra particular de un nene postrado, secretaria en una escuela privada, personal de limpieza en la oficina de un diputado. La cercanía de Doris nos aseguraba alguna tarta de vez en cuando: *Hice dos porque sé que a los chicos les gusta*, decía cuando le daba a mamá el molde cubierto con un repasador. Gracias a ella también teníamos ropa nueva, que nos hacía con la tela que le iba quedando de clientas que compraban un metro de más por cualquier cosa. Así conseguí mi primera camisa de flores grandes, los pantalones de corderoy negros y hasta una campera pinchuda que había que mirar muy de cerca para darse cuenta de que estaba hecha con dos telas diferentes, sarga y franela, de idéntico color tabaco.

Nunca fui de comer mucho, pero hacia los dieciséis empecé a perder peso. Cuando ya se me saltaban los huesos, dejé de cortarme el pelo y me lo teñí de negro. En vez de oro viejo, como lo había recalificado Doris, ahora era ala de cuervo. Me pintaba las uñas también de negro, me delineaba los ojos con una raya que se me corría con el calor y fui reemplazando las remeras de color por otras oscuras pegadas al cuerpo. Todos me decían *¡Comé, Emi, comé!* Doris me hizo una campera con tachas y para mi cumpleaños pedí un par de borcegos. Le encargaron a mi hermana que los comprara y consiguió unos que eran una bomba, grandes pero livianos. Me hacían caminar como una pantera. Los anteojos quedaban un poco raros con este atuendo, pero no había nada que hacer, porque si me los quitaba no podía ni cruzar la calle. *Así no vas a encontrar nunca a nadie, Emi.* En quinto año me cambiaron de división porque me habían tomado de punto, y por suerte en el nuevo curso hice algunos amigos que me pasaban música de The Cure y de Siouxsie. Me sentía fuerte en ese tiempo. La mirada de desaprobación de papá calaba menos.

El primer volante de Gabriela provocó la declaración de hostilidades, pero la guerra propiamente dicha se inició cuando apareció el segundo, en febrero: Gabriela ahora confeccionaba uniformes escolares y ropa para niños. En realidad no se trató de una guerra entre las dos mujeres, sino de una batalla sostenida en el tiempo y en la que solo peleaba Doris. Me pregunto si se puede hablar en términos bélicos cuando hay un solo bando y concluyo que sí, pero para mayor precisión diré que Doris le hizo la guerra a Gabriela.

La confrontación tuvo varios frentes: la mercería del barrio, el kiosco de revistas, la sedería más cercana y el más importante, el taller de Doris. Una vez ella me contó, con orgullo y sonrisa de estratega, que había comprado todos los botones de camisa azules, negros y blancos que había en la mercería. *Para esos delantalitos que está haciendo,* me dijo, *la chica va a tener que ir a otra parte, y yo ahora tengo botones para siempre.* No imaginó que Gabriela probablemente compraba al por mayor, no en la mercería del barrio. Yo no entendía qué lograba Doris haciendo cosas así, salvo perjudicarse a sí misma.

También se perjudicó al comprar una semana todas las revistas de modas y moldes del kiosco, inclusive las de hombre, y no solo *Burda, Temporada, Madame* y *Modelina* como solía pedir. Hasta *Paula Tejidos* y *Labores* se compró. A Gabriela le bastó con encargarle al canillita las que ella necesitaba para tenerlas a partir de la semana siguiente reservadas a su nombre. Doris, en cambio, gastó dinero que no le sobraba en comprar revistas que no iba a usar nunca. En la sedería arrancó los papelitos de propaganda que Gabriela había pegado en la caja registradora y en la puerta. A los pocos días volví a verlos, más grandes y llamativos, pegados con tal cantidad de cinta que para quitarlos Doris se iba a tener que romper un par de uñas.

Pronto entendió que el campo de batalla en el que podía ganar algo de terreno era su propia casa. Cuando las clientas llegaban acompañadas por sus hijos, Doris les revisaba las terminaciones con los labios fruncidos y no decía nada. Si la ropa era comprada, las clientas tampoco hacían comentarios, pero si la había hecho Gabriela, no podían con su curiosidad y preguntaban: *¿Está prolijo, Doris? Disculpe que no se lo pedí a usted, pero como tiene ya tanto trabajo y la Gaby recién empieza...*

Doris les sonreía, hacía un mohín pícaro, miraba hacia arriba y no decía nada. No tenía nada que decir, porque la máquina de Gabriela era de las buenas y ella aceptaba encargos simples, pero ese solo gesto alcanzaba para sembrar la duda en la clienta, y esa duda bastaba para que Doris diera por ganada la escaramuza.

Mientras que Gabriela nunca se daba por enterada de los ataques furtivos de Doris, Doris no hablaba de otra cosa. Llegó a espiar desde la terraza la cantidad de tela que Gabriela colgaba a secar antes de hacer los uniformes. Tuve que ocultarle que mi curso le había encargado a Gaby el bordado de la corbata que le añadimos al delantal en quinto año. Cuando fui a buscar la mía, que Gabriela no me quiso cobrar, *¿no ves que la gente te mira si caminás así?*, vi la máquina en su mesa, bajo la ventana. Tengo que haberme quedado mirándola, porque me dijo: *decile a Doris que es una Memory Craft 8000.*

La fijación con Gabriela llevó a que Doris se autoexigiera y mejorara su propio taller. Pasó a llamarlo *atelier* y encargó un cartel que colgó sobre la puerta: *Atelier Doris*, decía. Nada de publicitar precios módicos ni que se hacían arreglos. Compró en cuotas un espejo de pie, antiguo, con manchas grises en los bordes, cambió la cubierta de género del maniquí y le pintó el pie metálico de negro para que pareciera más caro. *El negro siempre es distinguido, Emi*, decía. Consiguió que la entrevistaran en un programa de televisión local donde desfilaron tres clientas con vestidos de madrina. Me hizo caso y en la tele no dijo lo que pensaba esos días, que la función de las modistas en una sociedad era la de establecer estratos sociales a través de la costura. Desde que estaba en guerra con Gabriela creía que los géneros y los diseños iban dividiendo a las mujeres del barrio en más o menos refinadas, y estaba convencida de trabajar para las de gusto más sofisticado.

Se compró una Polaroid y sacaba fotos de la última prueba para después sumarlas a un álbum que les mostraba a las nuevas clientas. Yo me encargaba del atrezo. Doris pensaba que lo que diferenciaba un taller de costura de un atelier era el cuidado en los detalles, así que me indicaba que dispusiera con buen gusto los objetos que aparecerían en la foto: tenía que acomodar la cortina de tul para que los plieguen cayeron parejos, regar siempre las plantas para que las hojas se mantuvieran enhiestas, sacarles el polvo a las flores de tela de la mesita bajo la ventana, lustrar al parquet y barrer bien la alfombra desvaída sobre la que posaban las mujeres. *De hacer vestiditos no vas a vivir, Emi.*

El deseo de progreso de Gabriela le dio a Doris un motivo para trabajar hasta tarde como antes y para volver a teñirse de rubio patito, pero sobre todo para superar su ruptura con Juan Pedro. Empezó a andar siempre con tacos y pollera tubo en el *atelier*, usaba camisas con lazo y empuñaba la tijera con los dedos llenos de anillos. No sé si Gabriela se habrá dado cuenta alguna vez de que, a cambio de las agresiones y la maledicencia de Doris, ella con su mera presencia le devolvió a su enemiga la vida que se le había disuelto tras su desengaño amoroso. Un par de años después Gabriela se casó y se fue del barrio. Cuando murió el padre vendieron la casa y la despensa volvió a ser cochera. Mientras Doris camina hacia el taxi con su tapadito rojo veo que en esa casa ahora hay un consultorio odontológico donde hacen implantes y blanqueamientos a precio promocional.

6

El Tona se descompuso el 18 de julio del 94, fecha imposible de olvidar porque el televisor de la sala de espera de la clínica donde lo llevamos mostraba en vivo el rescate de víctimas de la AMIA. Estuvo en terapia intensiva muchos días. Hablaban de cirrosis, de un ACV. Cuando al mes siguiente volvimos del entierro, con Doris miramos completo el partido de Sabatini contra Davenport, cambiamos las sábanas y limpiamos el dormitorio para que ella recuperara su cama tras dos años de dormir en el sofá del cuarto de pruebas. Sobre la frazada estiramos un cubrecama dorado, brilloso y resbaladizo, que Tona no había querido usar y que a Doris le parecía el colmo del refinamiento.

Al principio, la muerte del Tona pareció no afectarla. Cuando yo volvía de cursar mi primer año en abogacía ¡decidite, Emi! pasaba por su casa para hacerle compañía un rato y la encontraba probándoles trajecitos a señoras sin cintura o agrandando los pantalones de los maridos que habían engordado en invierno. A veces compartíamos la cena, pero ese año yo todavía estudiaba con algo de entusiasmo, así que me volvía a casa a leer Civil I para tirarla en el primer llamado de diciembre. Con mi familia parecía estar todo bien. Papá estaba viviendo con nosotros ¡Comé, Emi, comé!, contento porque yo me había decidido por abogacía, y a veces hasta era cariñoso con mamá, que tenía la sonrisa instalada todo el día. Primero creí que ella estaba feliz por el regreso de papá, pero después me di cuenta de que celebraba tener de qué conversar con sus amigas: en el barrio se rumoreaba que la Doris había matado al Tona.

Yo me reía del comentario *ay, la voz, Emi, esa voz* y explicaba que al Tona le falló el hígado, pero ¿quién iba a creerme, si tener a una criminal en la cuadra era mucho más interesante que aprender que la cirrosis provoca accidentes cerebrovasculares? Como el disfrute de los adultos chismosos no habría estado completo si Doris no se enteraba de lo que pensaban de ella, papá se encargó de hacérselo saber una mañana de domingo, cuando se la cruzó en la panadería: *Supongo que usted sabe, Doris*, le dijo, *que se piensa que su esposo no murió de muerte natural*. Papá en casa no dijo nada, pero Doris me contó el encuentro esa noche, con un opacamiento súbito de la mirada. *La gente cree que soy una asesina*, repetía.

Y entonces Doris se volvió a entristecer. Esa semana, camino a la facultad, vi pegado en el vidrio de la ventanita de su puerta el certificado de defunción de Delmiro Tonali, la causa de muerte resaltada en amarillo, y debajo un cartelito que decía que el *atelier* permanecería cerrado hasta el lunes siguiente. Recién conseguí que me abriera la puerta el sábado. Me prendí al timbre mientras le gritaba *¡Doris, abrime! ¡Abrime, Doris! ¿Estás bien?* Ella al final apareció tras el vidrio. *¿Qué hacés a los gritos, Emi? Abrime, Doris. Yo te abro, pero a nadie más que a vos.*

Nunca la había visto así. Estaba descalza a pesar del frío y tenía un camisón con el ruedo caído, una bata vieja sin atar, el pelo revuelto y la piel cansada, como si hiciera días que no se ponía crema. Lloraba sin pudor. Se había cortado las uñas al ras y ni siquiera hacía el esfuerzo de alinear los hombros. *¿Qué voy a hacer ahora sin el Tona, decime?* Lloraba y sorbía mocos, se secaba la cara con la manga roñosa de la bata. *Pero Doris, si el Tona se la pasaba encerrado,* le dije, *y vos estabas bien la semana pasada. Fueron cuarenta años con el Tona, vos no entendés,* me decía. *Era tan bueno el pobre. Vos no sabés cuánto luchó para que el restaurant saliera adelante, y yo voy y le alquilo* *el local a un kiosko. Lo destruí, Emi, yo lo maté, tienen razón en el barrio, yo maté a mi marido.*

Al año siguiente me uní a un grupo de comedia musical que se armó en la facultad. Unos compañeros habían visto *Drácula* en Buenos Aires y querían presentar algo más humilde pero igual de cuidado, así que se les ocurrió ensayar una versión de *Cantando bajo la lluvia*. Me ofrecí a diseñar el vestuario y acepté un papel menor, porque no tenía aptitudes más que para dar un par de pasos básicos. Cuando empezamos a reunirnos a pensar la puesta, todo lo demás desapareció: me olvidé del cursado, de los parciales y de volver a preparar Civil I, que había rendido mal dos veces. En casa decía que tenía que cursar, pero me iba con los chicos a tomarles medidas y a ensayar unos pasitos. Me sentía como viviendo en puntada escondida. *Siempre mintiendo, vos.*

Doris seguía triste. Atendía a las clientas de siempre, pero no aceptaba nuevas porque decía que sin mi ayuda no daría abasto con tanto. Yo le prometí que en verano volvería a coser con ella, *de hacer vestiditos no vas a poder vivir*, pero que con todo lo que estaba haciendo no podía. Le pedí ayuda para armar el vestuario del musical y quedamos en colaborar en el proyecto. Al principio pareció entusiasmada, mas cuando nos instalamos en la mesa de su cocina a dibujar, se quedaba con la vista perdida en la nada. No tenía energía para salir de sí. Terminé haciendo casi todo yo, aunque en esa época todavía la consultaba a cada paso: me encargué del diseño, sobre el que Doris opinó aquí y allá, hice casi toda la confección, para lo que me prestaba su máquina de coser durante la noche, y me encargué de las pruebas.

Cuando tuvimos todo listo y fuimos a la Secretaría de Cultura de la facultad a pedir una sala para presentar el musical, nos preguntaron cómo habíamos conseguido los derechos de una comedia tan popular. A nadie se le había ocurrido que algo así fuera necesario para una puesta vocacional, por lo que después de unos días de confusión decidimos abandonar el proyecto y quedarnos con la ropa que habría usado cada personaje. Yo me llevé a casa un vestido amarillo que era un sueño y que aún hoy usa mi hermana, que se conservó delgadita. Nunca olvido que cuando corté ese vestido diluviaba. Doris se me acercó arrastrando las chinelas y me dijo que nunca cortara con lluvia, porque cuando hay humedad la tela cambia, se hincha y el vestido sale chico.

Después de que se canceló el musical me di cuenta de que había perdido el año en la facultad. En casa dije que iba a rendir libre, pero no toqué un libro. *Siempre mintiendo, vos.* Todas las tardes iba a hacerle compañía a Doris y me quedaba a comer con ella con la excusa que en casa nadie veía *Perla negra*. *Como tenemos un solo televisor,* le decía, *si pudiera verla acá...* Ella me preparaba tostadas, que era una de las cosas que yo todavía comía, y se sentaba conmigo frente a la tele, pero no levantaba la vista del dobladillo o del cierre que estaba pegando. Seguía prefiriendo coser algunas cosas a mano. Cuando le preguntaba algo sobre la telenovela, me decía que no la seguía mucho, que para ella la tele era como un ruido de fondo, nada más. Una vez me dijo que el silencio de su casa le daba miedo y que había días que, si no hubiera sido por la radio o la televisión, se habría pegado un tiro.

7

Con la primavera Doris empezó a salir a caminar por indicación médica. Le dijeron que si no ejercitaba a diario iban a terminar internándola. Hacia fines de octubre se anotó en gimnasia modeladora y se hizo de amigas nuevas que se convirtieron eventualmente en clientas. Tal vez fue el ejercicio, tal vez las amigas, o que Gabriela se casó y se fue del barrio, o todo junto: una tarde de otoño del 96, cuando al volver de clase fui a ayudarla con la costura y a mirar *María la del barrio*, me dijo que tenía ganas de hacer un desfile de modas con sus creaciones de los últimos años y me pidió que la ayudara a encontrar un buen lugar y a redactar las invitaciones, porque yo siempre había escrito bastante bien. Ella les pediría a las clientas que desfilaran con la ropa que les había confeccionado: tenía varias madrinas, una novia, dos quinces y un par de trajecitos de civil de los que estaba orgullosa. *Seguro que les va a encantar la idea, Emi, porque ¿qué mujer no quiere ser modelo?*, me preguntó, y dijo que sería una propaganda maravillosa, ¡fantástica! para el *atelier*.

La idea no era descabellada, solo difícil de organizar con pocos medios y muy arriesgada porque para Doris implicaba una exposición más grande que la usual. No sabía si seguirle la corriente o convencerla de abandonar la idea. *Decidite, Emi.* Al final les pregunté a mamá y a mi hermana si sabían de algún lugar que prestaran para hacer un desfile de modas. Primer error, como sabría después, porque papá se enteró a los pocos minutos de los planes de Doris, lo que no habría sido tanto, y de que yo sería su asistente en el proyecto, detalle que lo puso en estado de furia reprimida.

Las dos me dijeron que el único lugar grande en el barrio era el club, así que allá fui. *¿No ves que la gente te mira si caminás así?* El club era apenas un par de saloncitos y una cancha de basket cubierta donde lo que menos importaba era la limpieza y lo segundo menos importante, el diseño de interiores. Entré con paso de pantera y pregunté si ahí se podía hacer un desfile de modas. *¿Acá?*, preguntó la mujer de recepción con una sonrisa de costado y mirándome de arriba a abajo. *No hables así, Emi. Y sí,* le dije. Se quedó pensando y, tras un buen rato, se ve que tuvo una idea porque se le agrandaron los ojos y la boca a la vez: en dos sábados era el aniversario del club, había un torneo de básquet a la siesta y después una cena. Ya se estaban vendiendo las tarjetas. A lo mejor el desfile de modas podía hacerse durante la cena, o antes, o después, o... Me pareció una oportunidad caída del cielo y a Doris también. *¡No lo puedo creer, un desfile con cena! Ya mismo voy a hablarles a mis clientas para ver si quieren participar y les digo que se den una vuelta por acá así les enseño a caminar por la pasarela. Y ya mismo, ya mismo me voy al club a pedir una reunión con la comisión directiva.*

Doris consiguió once mujeres y dos nenitos. Se ofrecían a mostrar ropa de día y de fiesta. A los nenes les había hecho *jaquets* que les habían quedado un poco chicos, así que de noche se puso a alargarles el ruedo a los pantaloncitos y a ampliarles los hombros. También serían necesarios algunos ajustes a los vestidos y a los trajecitos, porque en los meses que siguieron al estreno de las prendas las clientas habían engordado un poco. *Eso pasa siempre,* decía Doris, *adelgazan por los nervios antes del evento en cuestión, la última prueba las encuentra hechas unas espiguitas y después vuelven a sus redondeces.* Mientras ella se dedicaba a ese trabajo, fui a ver el lugar donde se haría la cena. Me dijeron que la gente tomaría el bocadito de bienvenida en el primer salón y que después irían al gimnasio, donde se armarían las mesas una vez terminado el partido de básquet. Las mesas se ubicarían en U, y frente a ellas, bajo uno de los aros de básquet, se iba a armar un escenario desde donde un socio del club que trabajaba en la radio animaría la celebración.

Con Doris pensamos que las modelos podían desfilar por dentro de la U, después subir al escenario para una foto conmemorativa, y dar una vuelta final todas juntas acompañando a Doris y aplaudiendo. Ella escribiría la descripción de las prendas para que el locutor pudiera conducir el espectáculo, yo tomaría las fotos con la Polaroid. *¿Y si hablamos con la peluquera de la otra cuadra para que les haga los peinados y las maquille?*, se me ocurrió decirle. Doris era feliz otra vez y yo era feliz por ella.

Después caí con angina. Mamá me prohibió salir de casa, algo que nunca había hecho antes cuando tenía los mismos síntomas. Según mi experiencia, con angina se iba a clase, se hacían mandados y las tareas de la casa, pero no esa vez: me obligaron a quedarme en cama, con la frazada hasta el mentón y un enorme aburrimiento. No podía comunicarme con Doris, que fue a ver qué me pasaba que no iba a verla y me saludó desde la puerta de la habitación. *No te preocupes*, me dijo, *está todo bajo control*. Me recuperé el viernes y me preparé para ir a ayudarla, pero me dijeron que me quedara en casa porque el sábado bien temprano salíamos para Rosario a visitar a los abuelos. Me escapé un momento para avisarle a Doris a través de la ventanita. Esperaba que volviera a sonreír y me dijera que estaba todo bajo control, pero se quedó seria y solo me deseó buen fin de semana.

Papá nos subió a todos al auto y emprendimos viaje a pesar de que llovía a baldes. En la ruta el cielo ya era un solo bramido. Papá odiaba a sus suegros y nunca los veíamos, pero con mamá dijeron algo de una enfermedad larga del abuelo y allá fuimos, a hacer una visita de día y medio, cruzando la tormenta más feroz que vi en mi vida. La convivencia de los cinco en el auto era tan pavorosa como las luces que partían el cielo. *La voz, Emi, esa voz. Así no vas a encontrar nunca a nadie, Emi.* Recuerdo poco de las horas que pasamos con los abuelos. Vivían en un departamento sobre calle Belgrano, pequeño y oscuro, del que casi no salimos porque allá también llovía. Para dormir nos acomodamos los cinco en el segundo dormitorio y nos peleamos todo el tiempo por el uso del único baño.

    Supongo que hoy me habría enterado en el momento de cómo salía el desfile. Con un celular habría recibido fotos, videos, mensajes. Hoy todo es urgente y casi instantáneo, pero en los noventa se sabía esperar. Había tiempo para imaginar posibilidades de éxito, amenazas de fracaso, detalles, imprevistos, tiempo para la esperanza y la expectativa. Llegamos a casa el domingo muy tarde y el lunes temprano le toqué el timbre al Doris. Me hizo pasar con gesto furtivo, como si no quisiera que la vieran quienes pasaban por la calle. Tenía esa cara apagada que le vi el viernes a la tarde, cuando le dije que no iba a poder acompañarla.

    ¿Viste cómo llovía? Adiviná dónde tenía una filtración el techo del gimnasio, me dijo. Estaba enojada, triste, cansada. *Bueno, Doris, la cosa es que el barrio entero habló del evento*, le dije, *es buena propaganda. No fue nadie, Emi. La gente que compró tarjeta para la cena casi ni apareció por la lluvia. Estaba la comisión directiva y el entrenador de básquet. Creo que eran más modelos y mozos que público. Y las luces, si vieras, hacían que todo se viera plano, ordinario, barato. La ropa no se lució nada.* ¿*Las clientas estaban enojadas?*, le pregunté. *No, para nada. Son amorosas mis clientas. No dijeron nada, pero no creo que podamos volver a hacer algo así. Un club no es el mejor lugar para mostrar moda*, dijo, y con eso dio por concluida la conversación.

No creo que me culpara del fiasco, pero había algo en esa última oración que me hizo sentir en deuda con ella por mucho tiempo. *Mirá que sos torpe, Emi.* Mi único consuelo en ese momento era que Doris tenía energía nuevamente, que empezaba a trabajar a las siete de la mañana como antes y se le iban atenuando las arrugas que le habían aparecido alrededor de la boca con la muerte del Tona. Algo que nunca quise preguntarle fue si ella le compraba alcohol al marido los años que él no salió del cuarto. Imagino que sí, porque murió de cirrosis. A lo mejor la gente del barrio siempre tuvo razón.

8

Y un buen día me fui a vivir con Doris. Al principio fue un pedido de ella, porque se habían escapado dos presos de Las Flores y tenía miedo de estar sola. Siempre andaba escuchando ruidos en el patio, pero hasta yo me daba cuenta, con lo poco que sabía de la vida, que extrañaba la compañía silenciosa pero constante del Tona. Me ofreció el dormitorio que había compartido con él y que había hecho pintar de un rosa un poco subido, pero yo preferí el sillón del cuarto de prueba para que ella pudiera dormir más cómoda. Cuando a la semana capturaron a los presos, mamá sugirió que me quedara unos días más porque se había roto un caño en casa. Después de que lo arreglaron nunca me pidió que volviera. Yo almorzaba con mi familia los domingos y el resto de mi vida transcurría en lo de Doris, con quien aquel primer verano nos sentábamos a coser sin poder dejar de seguir, con espanto, cada descubrimiento y encubrimiento de la investigación del caso Cabezas. *De hacer vestiditos no vas a poder vivir.*

Mi vida repartida en dos casas hacía que de todo tuviera dos versiones: escuché a mamá decir que Yabrán tenía ojos de decir la verdad y a Doris llorar por el fotógrafo y su familia; escuché a papá vituperar a Balza y desmentir a Scilingo, y a Doris decir que al fin se entendía de qué manera se había hecho desaparecer a la gente; escuché a mamá y a Doris lamentarse por la total impunidad con que actuaban los criminales en nuestro país, y a papá quejarse de que la palabra *impunidad* estaba mal usada, que la hacíamos sinónimo de desfachatez, de desparpajo, y que en realidad quería decir otra cosa, falta de castigo. *¡No se puede actuar con impunidad porque la falta de castigo es posterior al delito, no sean tan ignorantes! ¡Hablen bien, la puta madre!* Yo no sé qué le veían las mujeres a papá. Escupía al hablar, tenía pelo por todas partes y las manos siempre sucias. Creo que lo único lindo que tenía era la sonrisa, de dientes grandes y parejos, y que cuando largaba la carcajada parecía lleno de bondad.

Doris se dio cuenta de que el sillón del *atelier* no era apropiado para una estadía permanente y me propuso arreglar la piecita de la terraza, que estaba junto al lavadero y al baño de servicio. Ahí viví hasta que me vine a Buenos Aires. Aunque el sofá era angosto y el tapizado me raspaba la cara, el nuevo cuarto no resultó ser una gran mejoría: en invierno Doris compró un calefón eléctrico e hizo instalar una ducha en el baño de servicio, lo que mejoró un poco las cosas, pero como el cuartito estaba junto al tanque de agua el ruido de la carga me impedía descansar bien. Si bien el techo de chapa lo hacía helado en invierno y un infierno en verano, por lo menos yo tenía una privacidad que era novedosa para mí.

Por la mañana ayudaba a Doris con la costura como una manera de pagar por mi manutención, comíamos algo liviano sin siquiera poner la mesa en la cocina y después subía a la terraza a dormir un rato antes de ir a cursar. Cuando tenía abierto el ventiluz llegaba a oír a mi familia, que en otoño y primavera almorzaba en el patiecito a pocos metros de donde yo descansaba, del otro lado del tapial. Papá había dejado de salir con su empleada de turno y la relación con mamá parecía ir bien, algo que yo atribuía, creo que acertadamente, a mi apartamiento. Los murmullos y silencios de esa conversación, el choque de los cubiertos en los platos, el chorro del sifón de soda burbujeando en los vasos y en especial el estallido de las risas de mamá y de mi hermana, que eran más agudas, pasaron a ser el ruido de fondo que me ayudaba a descansar antes de ir a la facultad.

Lo bueno del cuartito de la terraza era que en verano, cuando el ventilador no alcanzaba a secarme la transpiración, tiraba el colchón afuera y dormía bajo las estrellas, escuchando lo que conversaban los vecinos en los balcones o lo que decía la gente que esperaba el colectivo en la esquina. Con luna llena veía pasar bien alto las bandadas de patos a todo graznido y más abajo los murciélagos, que chillaban en círculos a pocos metros de mi cabeza. Espantaba los mosquitos con dos espirales, uno a cada lado del colchón. Calculaba el ritmo de los semáforos por la aceleración de los motores mientras disfrutaba de la poquita brisa que llegaban a atrapar mis huesos. Algunas noches mi familia hacía unas costillas al otro lado del tapial, en un asador que papá improvisó con ladrillos apilados y una cuadrícula de metal de cuando hizo la reja del negocio, y comían a pocos metros de donde yo pensaba.

Trataba de disfrutar de las cosas simples, como los compañeros de la facultad, la costura con Doris, las telenovelas y esas noches al aire libre, pero era consciente de estar viviendo en el cuarto de servicio de una vecina mientras mi familia reía en los almuerzos. Para saber cuál era mi lugar en la familia había probado no ir de visita un domingo, solo para ver qué pasaba. No pasó nada. Nadie preguntó por mí, ni siquiera para averiguar si me había enfermado. Sin embargo, en los domingos que siguieron mamá empezó a pasarme un par de billetes a escondidas de papá. Nunca supe si me pagaba por volver cada domingo o por mantenerme lejos el resto de la semana. Como no molestaba a nadie en la terraza, cuando no podía más de la rabia corría de pared a pared, amortiguando el golpe con las manos solo al principio, de la rugosidad de la medianera que daba al patio de mis padres a la parecita que balconeaba sobre la calle y de ahí a la otra medianera cubierta de musgo, rebotando sobre los hombros hasta quedarme sin aire.

Me tomó dos años aprobar Civil I. Para festejar, Doris me llevó a la mesa del comedor tapándome los ojos y cuando quitó las manos vi su regalo: el cuaderno de medidas, la tijera, paño rojo, tafeta roja. *Te encargo tu primer trabajo pago: necesito que me hagas un tapado*, me dijo. *Vos lo diseñás, me tomás las medidas, cortás y cosés, hacés todo desde cero, y te pago lo que cobraría yo por ese trabajo*. Los anteojos se me deslizaron hasta la punta de la nariz. *¿Todo yo?*, le pregunté, pero ya se había ido a sacar del horno el bizcochuelo de paquete que me había prometido para celebrar.

Me puse a dibujar y al rato fui a buscarla para que viera mi propuesta de un corte apenas entallado, falsa martingala, cuello crucero, una única línea de botones bien grandes, tabla encontrada en la espalda para darle amplitud de movimientos, hombreras discretas a la medida de su cuerpo delgado. Dijo que le parecía precioso. Le tomé las medidas, dibujé los paños en papel madera, desplegué el corte de tela sobre la mesa, sujeté los moldes con alfileres como ella me había enseñado, con la mano temblorosa recorrí el borde del papel con la tiza y tomé aire: era tarde pero no podía parar. Había sido un día de poca humedad, así que decidí cortar esa misma noche. No olvido, pasados tantos años, la caricia blanda de la tiza sobre aquella tela de dudosa calidad, el ric ric de la tijera abriendo su camino, la viscosidad de la tafeta, el chasquido mínimo del hilo hilván al cortarse, el roce de la puntada sobre el género en el silencio absoluto de la casa. Le hice la primera prueba después del desayuno, lo pasé por la máquina y para la tarde lo había terminado, forro y botones, dos bolsillos a la vista y dos ocultos, completo.

Ese es el tapado rojo con que se abriga cuando me pregunta, con los ojos perdidos en el espacio que nos separa, si yo era varón o mujer. Le enseñé a conservarlo recurriendo a mi experiencia en el teatro y parece nuevo, pero le queda grande. Cuando se sienta en el taxi las hombreras se le suben hasta las orejas. Mira hacia adelante, el perfil altivo, y cruza las manos sobre la manija de una cartera anticuada, de charol; el taxista cierra la puerta y se ubica tras el volante. Ella queda pequeña detrás de la ventanilla, con los rulos rubios que aun hoy peina como lo hacía Doris Day en *Siempre tú y yo*.

9

Después del tiempo de tranquilidad que siguió a mi mudanza con Doris, mis padres volvieron a separarse y a reconciliarse cada tanto, como cuando éramos más chicos, y dependiendo de si estaban juntos o no yo pasaba más o menos tiempo en casa cuando iba de visita los domingos. Si estaban

43

conviviendo me quedaba menos o directamente no iba. Papá dejó de hablarme cuando abandoné abogacía, así que mis visitas eran una tortura para todos. Además, me afligía ver que en invierno mamá seguía poniendo la bolsa del tejido en medio de la cama como una barrera, para que a papá le diera calor y no se le acercara mucho. En verano el muro era de libros de cocina que ella simulaba estudiar para hacer nuevos platos que nunca llegaban a la mesa.

Me vine a Buenos Aires a los veintidós años con un contrato miserable de vestuarista de una obra local que había ganado un concurso y se presentaba en la Capital. Uno de los actores de esa obra había formado parte del proyecto fallido de comedia musical y me recomendó al director, que con tal de ahorrarse unos pesos contrató con gusto a alguien cuyo único antecedente era el de asistir a una modista de barrio. Cuando la compañía se volvió a la provincia, yo me instalé en el departamento de una chica del sur que estudiaba para actriz y que les había dicho a los padres que se había anotado en Antropología. La conocí en una fiesta donde por primera vez en mi vida no me sentí sapo de otro pozo, conversamos un rato largo, tomé de más y terminé en su cama. Gracias a sus contactos me enteré de un curso gratuito que se daba en un teatro estatal sobre historia y conservación del vestuario escénico y me anoté. Usé la dirección de mis padres para ganar una beca destinada a gente del interior para estudiar alta costura y asesoramiento de imagen. Trataba de aprender rápido y de acercarme a cuanta gente me cruzara. A todos les decía que quería vivir de eso, que era mi pasión.

Llamé a Doris un martes por la noche para contarle que había presentado una propuesta de diseño rector para un infantil, que les había gustado y que me acababan de avisar que el puesto de vestuarista era mío. Me temblaba tanto la voz por la alegría, *ay esa voz, Emi, esa voz*, que tuve que contarle todo dos veces. Tenía que hacer dos trajes para la princesa, un uniforme de militar para un ogro, ropita muy etérea para los duendes del bosque y lo mejor de todo, tendría que vestir a un actor como dragón. No, no era un disfraz de goma, no, yo había propuesto un traje que *evocaba* a un dragón, una idea maravillosa que incluía una capa verdeazulada con escamas y puntas levantadas, un cuello de plumas anaranjadas y un tocado con cuernos... Desde entonces y por muchos años nos llamamos los lunes o los martes, porque esos días yo no tenía teatro.

Me parecía que mi vida empezaba a tener dirección, que más que un desgarro ya parecía casi un pespunte. Trataba de no olvidar los ruidos de fondo de mi pasado: extrañaba la conversación de mi familia a través del tapial y el taca taca de la máquina de coser de Doris, y aborrecía el estrépito constante del tránsito, los bocinazos, el fragor de las marchas de protesta, los gritos que subían hasta el departamento aún de noche, porque mi novia vivía en el Centro, cerca de los teatros comerciales. Me fascinaban, en cambio, el retumbar de los pasos sobre la madera del escenario, los murmullos en bambalinas, la novedosa intensidad de las emociones que se despiertan entre personas que se buscan, se tantean, se devoran, se hieren y se abandonan.

No vi a Doris por casi un año, porque me había propuesto volver a visitar a la familia cuando tuviera trabajo fijo para no volver a escuchar que de hacer vestiditos no se podía vivir. Hablábamos por teléfono de cómo iba la telenovela de la tarde o de sus nuevas clientas. Me preguntaba por mis trabajos y mis amores, pero así como le explicaba cada detalle de mis tareas como asistente en una *maison* de novias, de las recorridas interminables por Once para conseguir telas y de las posibilidades que abría la asesoría de imagen, me daba pudor hablar con ella de mi intimidad, así que de mis relaciones le decía poco. Sabía, también, que aunque ella no hacía comentarios, no llegaba a entender muy bien de qué la iba yo, y yo no tenía ganas de explicarle tampoco. Durante ese año me pregunté mil veces si lo mío era un exilio o una huida, si en la Capital podía decirme víctima de persecución o si, disimulada mi presencia por la cantidad de personas disímiles como yo que convergían en esas calles atestadas, se había vuelto innecesario dar explicaciones. Me rondaban palabras hermosas que nombraban desgracias y nuevos inicios, como diáspora, destierro, éxodo, diseminación, confluencia. ¡Éramos tantos los que huíamos de la falta de comprensión hacia la ciudad más grande del país con la esperanza de encontrar el amor que siempre parecía estar en otra parte! *Así nunca vas a encontrar a nadie, Emi.*

Volví a casa para votar en las presidenciales porque no había hecho el cambio de domicilio. *Hablás como los porteños.* La soledad de vivir en la Capital después de romper esa primera relación con la falsa estudiante de Antropología me estaba haciendo pasar por una época en la que rechazaba la materialidad y las funciones de mi cuerpo, sobre todo los orificios de entrada y salida, que directamente me daban asco. Me rapé y me afeité todo el cuerpo, hasta las cejas. Empecé a usar enteritos negros de una tela metalizada que con el tiempo se convirtieron en mi marca personal. Cuando papá me vio en el comedor hablando con mamá contuvo la respiración, sacudió la cabeza, largó una carcajada y dijo que había llegado la invasión alienígena.

En el departamento de mis padres y en la casa de Doris

todo me parecía angosto, oscuro y de mal gusto comparado con los lugares donde me movía en Buenos Aires. Apenas me instalé en la terraza supe que ya no podía vivir con tanto silencio y tal precariedad. Doris no hizo ningún comentario sobre mi falta de pelo ni mi atuendo estrafalario, pero sí me preguntó por qué no llevaba puestos los anteojos. Le contesté que ahora usaba lentes de contacto descartables, pero ella, lejos de admirar el cambio que significaba para mí dejar atrás la incomodidad de los vidrios gruesos, después de un rato de charla me examinó la cara sin disimulo y me recomendó que usara anteojos de nuevo, algo más liviano que disimulara mi ojo desviado. El consejo me desorientó: no sabía si ofenderme o tomarlo como un aporte a mi apariencia, así que no dije nada. *Nunca pierdas la perspectiva, Emi.* Tampoco dije nada cuando me preguntó si venirme a Buenos Aires me había ayudado a decidir si era varón o mujer.

Para cambiar de tema le conté sobre el curso que estaba haciendo para formarme como vestuarista y pareció interesarle. Le hablé de los controles del almacenaje y de la iluminación para evitar el deterioro de la ropa de valor histórico, de todo lo que había que hacer con el vestuario de ópera, que era tan caro, o con el que habían llevado artistas famosos, que después pasaban a exhibirse en museos. Le conté de los cuidados que había que tener con la manipulación, con las plagas, de cómo los vestuaristas de las grandes compañías tenían que zurcir las rasgaduras de un acto para el otro, trabajo que yo ambicionaba conseguir algún día para poder conocer a los actores más famosos. Le dije que aspiraba a entrar aunque fuera entre los meritorios de vestuario de una compañía que iría a la costa en verano. Hasta era capaz de dormir en la playa si el trabajo era *ad honorem*.

¿Te das cuenta, me dijo cuando hice un pausa, *que tu trabajo de conservación de vestuario sería pasar por sano algo que se va a romper de todas maneras? Eso es lo que no me explico: ¿por qué no se puede hacer una prenda que dure para siempre? ¿No debería lograr eso una modista? Pero siempre pasa igual, una se esmera en hacer la mejor chaqueta, en reforzarle las costuras, comprar el mejor cierre, todo, todo, y después aparecen las clientas a los pocos años y te dicen que se gastó, que se rompió, que ya no se puede usar. ¿Y para qué se tomó una el trabajo de cortar bien, de ensamblar las partes de la prenda, de coserlas con esmero, para qué? Y vos harás tu esfuerzo, Emi, mantendrás el vestuario lo más presentable posible, pero en algún momento vas a ver que ya no da para más y que conviene tirar la chaquetita a la mierda y hacer una nueva.* Sí, Doris se iba poniendo deslenguada con los años.

Se lastimó la espalda en una mala caída en los primeros meses de 2002. Nunca supe exactamente cómo, porque mi hermana, mamá y ella me contaron historias distintas. Mamá dijo que seguro que había andado en cosas raras, como siempre. Según mi hermana, se resbaló en la vereda a la salida de la panadería y tuvieron que llamar al 107 para llevarla al Cullen, donde estuvo en observación un par de días. Doris dijo que se cayó en una montonera que se armó frente al banco cuando fue a reclamar sus ahorros, porque la plata de la venta del local del Tona le había quedado en el corralito. Me enteré de esto cuando fui a visitarla, el último fin de semana de junio, unos días antes de que se estrenara el infantil para el que trabajaba en Buenos Aires. Serían mis últimos días libres por mucho tiempo y los pasé con ella viendo en la tele cómo habían matado a Kosteki y a Santillán. Recién entonces me di cuenta de que lo único que le interesaba a Doris además de las telenovelas eran las muertes violentas y los asaltos a bancos. Siempre me contaba el robo al Banco Nación del 94 como si acabara de ocurrir y fuera noticia que había sido el mismísimo gerente el que había ideado todo. *La salud es un convencimiento*, me dijo cuando, antes de emprender el viaje de regreso, le pregunté si sentía que iba mejorando. *Si yo pienso que el dolor en la espalda es normal, si me creo sana, me acomodo y ya no me molesta tanto. La salud es un estado de aceptación*, repetía a cada rato. Pero para que la espalda le doliera menos bajaba un hombro, la cadera compensaba la asimetría y le empezaba a doler también, por lo que rengueaba cada vez más. Cuando la llamaba desde Buenos Aires y le insistía en que fuera a hacer fisioterapia me salía con el corralito: *el Tona me dejó el local y la casa*, me decía una y otra vez, *y con la venta del local y mi trabajo yo planeaba vivir mis últimos años*. Lloraba a la distancia y yo no sabía qué decirle. *Ya te lo van a devolver, Doris, no pueden ser tan hijos de puta, vas a ver, tené fe, y vas a tener tu jubilación, también.* Le pregunté si estaba haciendo los aportes. Después de un silencio, dijo: *¿Estás en pedo, vos? ¿Para que se los afanen estos chorros?*

10

Más tarde ese año mi hermana me contó que Doris se había empezado a tomar en serio la rehabilitación y que de a poco volvía a caminar derecha. Había tomado a una operaria para que la ayudara con la ropa, pero la clientela era cada vez más escasa, en parte por la crisis y en parte porque los nuevos diseños de las tiendas se adaptaban más fácilmente a diferentes cuerpos y hacían menos necesaria la confección a medida.

Casi todo lo que tiene son arreglos, me contó por teléfono. El diálogo con mi familia dependía de cómo se estuvieran llevando con otras personas, no tanto conmigo. *Hablás como los porteños.*

Yo para ellos siempre fui una especie de comodín. Mi hermana, por ejemplo, me hablaba si se peleaba con las amigas, pero cuando se reconciliaba me olvidaba de inmediato y los mensajes y las llamadas se cortaban por meses. Pero Doris siempre estaba, tanto que, cuando en Buenos Aires les decía a mis amigos que me iba a casa por unos días, en realidad lo que tenía en mente era visitarla a ella, no tanto a mis padres. A esa altura mi hermana ya vivía en Rosario y mi hermano estudiaba y trabajaba en Córdoba. En una de las visitas que le hice a Doris un tiempo después, me esperaba con los ojitos brillosos. *¿Viste lo del robo al banco en Acassuso, Emi? ¿Viste que los ladrones le hicieron creer a la policía que era una toma de rehenes y que se escaparon en un gomón? ¡Ocho millones se llevaron, ocho millones! ¡Qué genios!*

Una vez que me contó todo lo que yo ya sabía del robo, me llevó a la cocina y, mientras me hacía las tostadas, me pidió que me sentara frente una carpeta de cubierta transparente. *Mirá lo que encontré limpiando*, dijo. Era un cuento manuscrito de cuando yo pensaba que mi futuro estaba en la literatura. Había olvidado por completo esos años. Leí el título en voz alta: *Rocío, la nena de agua*. Doris se rió y exclamó *¡Qué tiempos, qué tiempos, no sabíamos todo lo que iba a pasar después!*

Recordé al ferretero, a Gabriela y al Tona. Aproveché que ella estaba de espaldas para mirarla. Se ponía así cada vez que untaba las tostadas con manteca, para que yo no viera que me quería hacer engordar, una costumbre que le quedó de cuando mi delgadez era enfermiza. *¡Comé, Emi, comé!* A esa altura yo tenía más carne sobre los huesos, pero ella seguía flaca como un grisín, y además me parecía que tenía los hombros más pequeños y que se veía más baja. Seguía acudiendo a tinturas feroces de un color amarillo que cada vez se parecía más al de las muñecas. Ya no usaba los suéteres suavecitos que se había comprado para Juan Pedro, sino unos con canelones y trenzas demasiado anchos para su altura.

Leí para ella: Rocío, que estaba hecha de agua, tuvo una infancia extraña. Su madre siempre le decía que era especial, que cada niño tenía algo que lo hacía diferente y que en su caso era eso, que era de lluvia. Le dijo que cuando eligieron el nombre Rocío nunca imaginaron que nacería una beba tan maravillosa. Un día en la plaza, Rocío se encontró con tres niñas: una se llamaba Sol, la otra, Cielo y la tercera, Mar. Su madre aprovechó para mostrarle que otras nenas tenían nombres tan lindos como el de ella, pero que ninguna era capaz de hacer con su cuerpo lo que nombraban: *Sol no brilla, Mar no fluye, Cielo no es azul. ¡Sólo vos hacés lo que decís!*, le susurró su madre. *Sólo Rocío rocía* dijo, y se rieron. Rocío dejaba las cosas mojadas a su paso. Por eso vestía ropa que por dentro era de toalla y por fuera de plástico, para no arruinar tapizados y muebles. Creció protegida en una reserva controlada por científicos. Ese lugar era la esperanza de la humanidad, porque allí se conservaban los recursos que en otras regiones se estaban terminando. Como fue la primera bebé en nacer con un componente de agua tan alto, era una mutación genética prometedora de un giro inesperado en la evolución humana. La estudiaron, pero no interrumpieron su crecimiento ni interfirieron en sus juegos o en su vida de familia. Cuando alcanzó su tamaño máximo, se la tomaron.

Terminé de leer y levanté la vista. De espaldas a la mesada,

Doris lloraba con una mano apretada contra la boca y la otra estrujando el repasador húmedo contra el pecho.

11

Hacia 2008 un tío soltero del que ella ni se acordaba se murió y le dejó a Doris un campo en el norte. Ella lo arrendó y empezó a vestir mejor y a darse algunos gustos. Su conversación en el teléfono cambió de golpe. En vez de hablar de telenovelas, asaltos, modas y géneros, nuestros temas habituales, me daba noticias de la lluvia, porque decía que si al arrendatario le iba bien, a ella también. *Yo ahora tomo solo los trabajos que me inspiran*, me decía, y me preguntaba por mis nuevos emprendimientos. Ella insistía en que tenía que encontrar algo que me diera un sueldo fijo y no entendía que si me empleaba en una tienda o como asistente en un teatro no podía moverme con las compañías por todo el país, que era lo que más me gustaba hacer. Ya había recorrido todas las provincias como asistente de vestuario de un espectáculo de transformistas que había empezado en el *off* y que se había convertido en un éxito comercial, y en ese momento trabajaba en la producción de arte de una película que se rodaría en Uruguay. Cuando me preguntó si estaba en pareja simulé no haber escuchado y le conté que la película era de época, así que estaba investigando mucho sobre la década del cincuenta y del sesenta. Con lo que tenía ahorrado compré ropa *vintage* en las ferias y pensaba dedicarme a alquilarla, también, porque eso me daría un ingreso extra. No quería contarle que mi última pareja se había querido cortar las venas después de que lo molieron a palos en la calle y que lo habíamos tenido que internar, ni que yo solo lograba dormir si tomaba varias copas de vino. Tampoco le dije que cada vez veía menos, que ya no podía usar lentes de contacto porque mi córnea no los toleraba y que había renunciado a la pretensión de ver de lejos. *El problema de ponerse demasiado cerca para ver es que no se logra una buena perspectiva*, me dijo ella una vez.

Le pedí muchas veces que me visitara en Buenos Aires, pero siempre tenía una excusa: una boda, un quince, una recepción, un viaje al campo, lo cierto es que nunca vino a verme. En 2009 la visité para su cumpleaños. Estábamos en el patio de su casa; tomábamos unos mates disfrutando la tarde de primavera y escuchábamos en la radio un discurso de Cristina, que suplantó a Menem y a Néstor en el corazón de Doris hasta que aumentó las retenciones a la soja. El conflicto por la 125 la había dejado huérfana de líder y ahora no sabía si criticar o apoyar lo que se iba decidiendo en materia impositiva. Cuando miraba el noticiero o escuchaba la radio pestañeaba mucho, se ponía seria y guardaba silencio un rato largo.

Mi conjunto de *leggins* brillantes y camisa *chevron* le pareció muy feo, así que le dije que el *animal print* tornasolado tal vez no fuera la mejor opción para ella. Dijo que tenía algo maravilloso para mostrarme y desapareció en la casa por unos minutos. Volvió con un vestido amarillo, vaporoso, lleno de apliques de flores y ruedo irregular. Como podíamos opinar de cualquier cosa sin enojarnos, le dije que me parecía horroroso. *Es para un quince*, dijo, como disculpándose. La vi pestañear rápido como cuando escuchaba las noticias. Seguía maquillándose de celeste y la sombra se le cuarteaba enseguida por las arrugas.

Devolvió el vestido a su lugar en el *atelier* y volvió al patio muy seria. Retomó su sitio del otro lado de la mesa de granito, cruzó los dedos como si rezara y me dijo que para ella los vestidos tenían que contar una historia, y que ese en particular hablaba de una jovencita ilusionada que pensaba todavía que su vida sería un cuento de hadas. Dijo estar convencida de que todo tenía que tener un sentido: el estampado de una tela debía hablar de quien la llevaba, aún más, hablaba de quien la llevaba aunque la persona no se diera cuenta. No era lo mismo elegir para un saco un paño escocés que un *pied-de-poule*, un príncipe de gales que un ojo de perdiz. Las telas rugosas hablaban de sufrimiento, las finas, de sensibilidad. *Esa camisa que tenés, por ejemplo*, me dijo, *llena de rayas en zig zag, me sugiere que no tenés claro para qué lado agarrar en este momento. ¿Me equivoco?*

Entonces le conté que me estaba yendo mal. Mi primer vestido de éxito fue uno bordado con la forma de gotas de lluvia, un silencioso recordatorio del cuentito que ella había guardado tantos años. Al vestido se lo presté a una actriz en ascenso para una entrega de premios. La mujer salió elegida la mejor vestida y me nombró en todos los programas a los que la invitaron. Después olvidó devolvérmelo, pero me trajo muchas nuevas clientas. Mi primer desacierto, por otro lado, fue un vestido de novia iluminado por dentro con lo que yo pensé que se vería como una delicada fosforescencia y que me inmortalizó en las revistas de moda con el titular *Estilista novel arruina vestido con luces de led*. Evité contarle que atribuía el error en la iluminación a que me fallaban los ojos.

Le dije que como pensaba que ese era el fin de mi carrera en el diseño, necesitaba volver a casa y compartir con ella ese cumpleaños, porque desconfiaba de mi criterio después de tantos fracasos, *mirá que sos torpe, Emi*, porque de pronto me daba cuenta de que habían sido muchos: aunque no le di detalles, por mi memoria pasaron las parejas mal elegidas, las rupturas pésimamente encaradas, el abuso de alcohol por la noche, que ni siquiera me daba suficiente placer como para contrarrestar el dolor del que escapaba, los vestidos que mis clientas no pagaban porque a sus amigas no les habían gustado, las mudanzas frecuentes por no poder renovar el alquiler. Nunca le había querido contar sobre las dificultades que tenía a cada paso y no lo hice en ese momento tampoco, pero creo que se dio cuenta de que por muchos años yo había estado fingiendo disfrutar de bienestar económico y emocional. Los trabajos temporales, que yo defendía porque me permitían salir de gira con las compañías, no me daban un ingreso que me permitiera planificar a largo plazo, ni siquiera podía mantener una calidad de vida estable. El amor era también siempre esporádico, cambiante, intenso, destructivo, desesperado.

Hay gente que cuando da consejos suena a libro de autoayuda, a *coach* motivacional o a tarjeta de cumpleaños. Doris no. Cuando hablaba te miraba a los ojos y te olvidabas de que la sombra celeste estaba despareja, de que el flequillo rubio la hacía más vieja y no más joven, como ella seguro creía, o de que le temblaba un poquito el mentón. Te olvidabas de la forma extraña de sus arrugas, de lo flojo de su cuello, del rímel corrido, y la escuchabas. Me dijo que nunca me dejara vencer, que todos tenemos un gran triunfo antes del final. Insistió en que no debía olvidar ninguna de las dos cosas y no lo he hecho: hay que vivir como si hubiera tiempo para un triunfo más, sabiendo que lo último que vamos a transitar es una derrota inevitable. Me pareció todo una gran mentira, pero como venía de ella me propuse hacer el esfuerzo y actuar como si se tratara de una gran verdad. Era como eso otro que dicen a veces, que la única manera de hacer lo imposible es creer que es posible: como concepto resulta contradictorio, escapista, superficial. Como actitud, tal vez la única que te permite seguir.

A la mañana siguiente subió a la terraza con facturas y café, *comé, Emi, comé,* y me dijo que quería que cosiéramos en el taller como antes. La ayudé con las terminaciones del vestido de quince. La tela era resbaladiza, muy difícil de trabajar. Se había comprado una máquina industrial con el primer pago del arrendatario, pero no parecía acordarse de que la tenía, porque aún hacía las bastillas a mano, doblada sobre la tela. A todo lo que hacía con tanto esfuerzo lo podía hacer mejor la máquina, pero ella resistía y pegaba los botones como se hacía cien años atrás. Barrí un poco cuando salió a atender a la chica del quince, que se fue contenta con su bola de espuma y sus flores artificiales. No solo empezaba a tener mal gusto: era obvio que ya no veía bien, porque había bolitas de hilos y retazos en los rincones. Hasta yo, que cada tanto sufría de úlceras en las córneas y vivía lagrimeando, veía mugre por todas partes.

12

En 2010 las cosas empezaron a estabilizarse. Conocí a un vestuarista ya mayor que me hacía acordar mucho a Doris por lo amable que era conmigo. Nunca me preguntó qué era, simplemente nos relacionamos como a mí me hacía bien, persona a persona. Me presentó a diseñadores de alta costura que de vez en cuando me llamaban para que los ayudara en proyectos grandes, me contrató como su asistente en un par de obras y, cuando se jubiló, me dejó a cargo de la coordinación de vestuario de una obra feminista que hacía años que estaba en cartel en el *off*. Con esa obra fui a Madrid para un festival de teatro hispanoamericano y, como obtuvimos el premio del público, íbamos a presentarnos en la costa el verano siguiente con una puesta totalmente renovada. Después de unos días de descanso, tenía que rediseñar todos los trajes. Eran días de efervescencia y festejo permanente.

Con mi hermano acordamos ver juntos el Mundial de Sudáfrica. Me había empezado a gustar el fútbol por un chico con el que salí un tiempo, y como coincidía con las vacaciones que había acordado con el teatro después del viaje a Madrid y a él le daban el mes libre por una remodelación en su oficina, nos pareció bien juntarnos y compartir un poco con papá y mamá, que en esos meses estaban juntos. Después de eso yo empezaría a trabajar a tiempo completo en la puesta para el verano y ya no los vería por meses.

Tenía otra razón para volver a casa, algo que solo quería conversar con Doris: necesitaba tomarme un descanso porque el nuevo proyecto me angustiaba al punto de no dejarme dormir y estaba teniendo problemas serios en la vista que trataba de disimular ante los productores. El año había empezado mal para mí: había sufrido la traición de una amiga que se quedó con un trabajo que me habían prometido a mí, mi pareja me había dejado sin explicarme el motivo, *Emi, así nunca vas a encontrar a nadie* y me había aparecido una mancha en el centro del campo visual como resultado de un derrame en la retina que el oculista atribuía a una excesiva tensión nerviosa. El viaje a Madrid, que otra persona habría disfrutado como un logro y considerado una bisagra en su carrera, a mí me había llenado de inseguridades y de una angustia que se alargaba en las horas de insomnio. Si no aprendía a distenderme un poco, *nunca pierdas la perspectiva*, mi vista estaría en riesgo, y se venían meses de muchísimo trabajo. Volví a preguntarle si no quería venir conmigo a pasar unos meses a Mar del Plata. La compañía me daba una habitación en una casa a compartir con el iluminador y la sonidista y ella y yo podíamos acomodarnos en un solo dormitorio, sobre todo si la hacía ingresar como meritoria, pero me dijo que no, que se cansaba demasiado cuando pasaba tiempo fuera de su casa.

Le dije que sentía que estaba girando en falso, que no encontraba de dónde agarrarme para tomar impulso a pesar de que me estaba yendo mejor. Para encontrar algo más estable que el trabajo en los teatros, a partir de septiembre con un par de amigos pensábamos fundar una pequeña empresa de asesoría de imagen y hasta teníamos en vista un primer contrato con una empresa de marketing y publicidad, pero todo era muy incierto todavía y mis inseguridades persistían. Tenía miedo de estar logrando puestos que no me merecía o para los que no tenía suficiente formación, de estar abarcando demasiado y quedar en ridículo en algún momento, que se hicieran obvias mis limitaciones y ya no poder recuperarme de una caída que imaginaba escandalosa. *Es un ambiente cruel, Doris*, le dije. *La gente se mata por un puesto o por un contrato, se difaman para trepar, es todo muy difícil.* Igual, le dije, *por lo menos hago lo que me gusta y vivo como quiero. Eso acá habría sido imposible.*

Cuando terminamos de hablar de mis problemas, Doris me dijo que ella también tenía noticias importantes: una sobrina que hacía años que no veía se había mudado a la ciudad, la visitaba todas las semanas y resultaba ser muy buena compañía. Doris había puesto ya el campo y la casa a nombre de esta chica para que no tuviera que gastar después en los impuestos de la sucesión. Me dijo que le insistiera a mamá para que hicieran lo mismo con el departamento, porque a la larga nos ahorraríamos mucho dinero.

Después se puso a hablar otra vez de la lluvia, como hacía cada vez que la visitaba: la lluvia como purificación, la lluvia que reverdece los campos, la que inunda y destruye. Dijo que todo en la vida era una cuestión de intensidades, que lo mismo que te cura te mata si llega en exceso. Esa noche soñé con el símbolo del infinito en rojo sobre un fondo grisáceo, sucio. Pensé que sería un grafiti, porque chorreaba lo que parecía aerosol fresco. Recuerdo que en medio del sueño me preguntaba si caería algún día una lluvia que pudiera limpiar ese símbolo espantoso y todo lo sucio que ocurría a mi alrededor.

Antes del partido contra México hablé por teléfono con mi hermana y le conté de la donación que Doris le había hecho a la sobrina. *La conozco a la chica*, me dijo, *la vi el otro día cuando anduve por allá. La va a cagar, acordate de lo que te digo, la va a cagar. Y además, Emi, bien pudo haberte dejado algo a vos, que te la pasás galgueando en Buenos Aires. Si casi que te adoptó, la Doris. ¿No te parece que algo pudo haber puesto a tu nombre?* Le dije que me parecía que habiendo una sobrina eso no habría estado bien y le pasé el teléfono a mi hermano, que ya había empezado preparar la picadita para ver el partido. Aun hoy me pregunto si alguna vez Doris pensó en dejarme algo como herencia y después lo olvidó, si su sobrina, a quien yo había visto un par de veces pero que nunca me había sonreído, aprovechó su debilidad para convencerla de que le legara todos sus bienes o si, tal vez lo más probable, la idea nunca le cruzó la cabeza.

13

Justo cuando Tévez hacía el tercer gol contra México y con mi hermano saltábamos en el comedor gritando gol gol mientras el relator recitaba su cantalo cantalo cantalo sonó el portero. Mamá bajó a abrir sin decirnos que era la policía y subió pálida. Nos dijo que papá estaba en el hospital y que era urgente que fuéramos a verlo. Aprovechamos que ella demoró buscando un abrigo y con mi hermano bajamos y le pedimos más detalles a la policía antes de que ella saliera. Lo habían encontrado herido de arma blanca en la trastienda del negocio y estaba grave. Supe que mentían, que papá estaba muerto, solo que no querían ser ellos los que nos dieran la noticia. En el patrullero mamá empezó a hacer preguntas estúpidas: ¿Qué hacía papá un domingo en el negocio, si dijo que iba a ver el partido con los amigos? ¿Había tenido un ataque cardíaco por el partido? ¿Por qué lo llevaron al hospital y no a una clínica, si teníamos obra social? ¿Por qué los amigos no nos llamaron por teléfono en vez de mandarnos la policía?

En el pasillo de la morgue llamé otra vez a mi hermana y le expliqué lo que nos habían dicho: los guardias que recorrían el Centro, desierto a esa hora por el partido, vieron el negocio abierto con las luces apagadas, escucharon ruidos que venían del fondo y encontraron a papá en el piso, pateando cajas de costado con las pocas fuerzas que le quedaban para ver si alguien lo escuchaba. Le habían roto la laringe de una cuchillada y lo habían herido en muchas otras partes del cuerpo, puntazos vacilantes que le dieron tiempo de sobrevida pero terminaron desangrándolo. La herida fatal estaba en la arteria del muslo, que él apretó todo el tiempo que pudo.

Días después, cuando nos dejaron entrar al local una vez que se fue la científica, descubrí en la trastienda, oculta bajo un catre al que los peritos le habían quitado las sábanas para analizarlas, una caja de cartón con lubricantes y juguetes. La policía debe de haber pensado que se trataba de mercadería porque la trastienda estaba llena de cajas similares, pero yo sabía que papá no vendía esas cosas. Además, sobre la pared sucia por el tiempo había un símbolo de infinito desdibujado por líneas rojas que descendían de las curvas, delgadas líneas de sangre que se coagularon antes de llegar al zócalo. Me parecía haber visto algo similar hacía poco en alguna parte. Imaginé que el primer chorro de sangre arterial dibujó en la pared ese pequeño ocho acostado. Mojé la esponjita en el baño y traté de limpiar la mancha, pero se había secado. Seguramente quienes alquilaran el local la quitarían con una lija y después una capa de pintura blanca, fresca como la lluvia, cubriría para siempre y para bien el último rastro de mi padre.

A los pocos días del asesinato recordé el sueño y supe por qué la mancha me parecía familiar. Sin embargo, a veces creo que fue al revés: puede que esté fabricando el anuncio, que primero haya visto la marca en la pared y después la haya soñado. Siempre dudo de que mis recuerdos sean precisos. ¿Tiene sentido pensar que tuve un sueño premonitorio o busco consuelo al creerme con algún poder que me permita un día evitar una desgracia?

Papá le había dicho a mamá que vería el partido con los amigos, pero ellos negaron haberse reunido ese día. La presencia de heridas superficiales y de dos formas diferentes indicaba dos armas y dos atacantes, probablemente mujeres. Tuvimos que ir a declarar y dar detalles sobre la vida amorosa de papá. Me quedé un par de semanas más para acompañar a mamá, que se moría de vergüenza por la situación y gemía bajito a toda hora. Su dolor me recordaba al de Doris después de la muerte del Tona: otro duelo inexplicable tras una vida de porquería. Sospechaban de sus ex empleadas, de alguna nueva amante que podíamos desconocer, de los dueños de un comercio cercano con quienes competía. Dieron muchas vueltas con la investigación. A mamá la llamaban cada tanto para contarle qué iban averiguando, pero con el tiempo la empezaron a llamar menos. Aún hoy no sabemos qué pasó. Tiendo a creer que una ex amante lo citó en el negocio para un reencuentro fugaz en su catrecito de emergencia y que estando ahí hizo entrar a alguien más que la ayudó a vengarse por algún desaire. Creo que todos pensábamos cosas parecidas, detalle más, detalle menos, pero la investigación se estancó, más que por la falta de información, por exceso de sospechosas y de hipótesis investigativas.

Después del entierro no volví a vestir más de negro. Es más, ahora uso, además de los metalizados, todos los colores menos el negro, y solo les escapo a los neón por feos y al cremita por aburrido. Al regreso de ese viaje me reencontré con el proyecto de diseño para la obra, la mancha en la retina se fue borrando, me propuse ganar el Estrella de Mar al mejor vestuario y lo logré. Cuando subí al escenario a recibir el premio dije que mi inspiración había sido siempre una diseñadora de mi provincia, Doris Díaz, que no solo me había enseñado a coser sino que me había enseñado sobre el amor y la lealtad, sobre cómo ponerse de pie después de cada caída y darle sentido a las cosas, hasta al estampado de las telas. Levanté el trofeo bien alto y dije: *Para vos, Doris, mi amada Doris*. Nunca se me ocurrió mencionar la muerte reciente de papá en el escenario.

Cuando hablamos por teléfono después de la ceremonia ella mezclaba risas con sollozos, felicitaciones y preguntas por el futuro. No me agradeció que le dedicara el premio, acaso porque nos pusimos a hablar de mi siguiente contrato y de si ella iba a venir a Buenos Aires a verme. Quería mostrarle el *atelier* antes del final, que ya ambos presentíamos cercano.

Creo que fue en esa época que empecé a dedicar tiempo cada día a recordar, a urdir este tejido frágil del que tanto dudo. Y aunque tironeo del hilo de la memoria no logro recordar qué dijo Doris de la muerte de papá. Hay días que prefiero no hurgar tanto por temor a desbaratar la trama y que ya nada tenga sentido.

14

La tarde del día que cumplí treinta y siete la sobrina de Doris me llamó a Buenos Aires para decirme que Doris no aparecía. Ella había ido a visitarla como todas las semanas y no la encontró en su casa. Pensó que tal vez se había ido de viaje y se había olvidado de avisar, y como el único lugar donde ella quería ir era Buenos Aires, porque siempre hablaba de que algún día vendría a verme, me llamaba para preguntar si había oído de ella. Le dije que habíamos hablado esa misma mañana y que la había notado bien, y que no, que en quince años jamás me había visitado. *Hablás como los porteños.* Quise viajar para ayudar en la búsqueda, pero resultó no ser necesario: cuando llegó la noche y el cura fue a cerrar las puertas de la iglesia del barrio, la vio sentada en un banco de una nave lateral, mirando a los costados como si no tuviera idea de dónde estaba.

Mamá me contó que después de eso la sobrina contrató a una mujer para que le cocinara y la acompañara por la tarde. No le dieron más la llave de la casa. A la mañana Doris se sentaba detrás del vidrio de la puerta, a veces en camisón, a esperar a esta mujer, que llegaba al mediodía. Ya no cosía para afuera y los nuevos vecinos pasaban sin saludarla porque no sabían cuánto significaba ella para el barrio. A mamá le dieron un par de cajas con cosas mías que encontraron en el cuartito de la terraza. Todavía no he querido ver qué contienen.

Después de la muerte de papá empecé a viajar lo más seguido que pude para ver a mamá, casi siempre en lunes o martes, pero cada vez que intentaba hablar con Doris la mujer que la cuidaba me miraba torcido y me decía que por orden de la sobrina no podía dejar entrar a nadie ni podía llevar a la señora Doris a tomar el té a casa de nadie. Entonces conversábamos por la ventanita de la puerta, ella sentada en su zaguán y yo en cuclillas sobre el umbral, de costado, con la espalda en la pared. Hablábamos de mi trabajo de asesoría de imagen en Buenos Aires, en el que me había empezado a ir bien, y de las telenovelas que seguíamos. Le contaba sobre la tienda de alquiler de vestuario de época y de vestidos de fiesta que habíamos puesto con una socia, sobre mis estudios en la Licenciatura en Artes Visuales, algo intermitentes pero exitosos, y sobre mi nuevo interés en la investigación histórica, que se había despertado cuando me hice cargo de la dirección estética en una película de época años atrás. *Mirá vos*, me dijo un día que estaba más lúcida. *Después de tantas vueltas que has dado, ahora estudiás Historia.*
Decidite, Emi.

Mis hermanos siguieron viviendo en Rosario y en Córdoba, así que mis visitas significaban mucho para mamá, que tuvo que aprender a vivir sin la esperanza de que papá volviera. Me acondicionó el dormitorio para que estuviera como en mi casa, según me dijo, y me cocinaba todo lo que me gustaba. *Comé, Emi.* Nunca hizo ningún comentario sobre los años que me mandaron a vivir con Doris ni sobre la muerte de papá. Era especialista en negar realidades obvias y yo, especialista en seguirle la corriente. Nos llevábamos bien por primera vez, aunque de vez en cuando ella hacía comentarios poco felices sobre las nuevas sexualidades. *Mirá ese mamarracho*, me decía en ocasiones cuando mirábamos televisión, señalando a alguien mucho menos disidente que yo. Sé que se puso celosa de que le dedicara el premio a Doris, pero en vez de recriminármelo me preguntó si al siguiente premio se lo podía dedicar a ella. Le dije que no sólo se lo iba a dedicar sino que me acompañaría a la premiación, y que hasta se podía mudar conmigo a Buenos Aires, si quería. Aún trataba de ocultarle que me habían dicho que si mis ojos seguían deteriorándose a ese ritmo tendría que pensar en un trasplante de córnea.

Doris siempre me preguntaba qué hacía cuando no estaba trabajando, si veía mejor con lentes de contacto y si ya me había decidido. Yo seguía invitándola a visitarme y a trabajar conmigo en algún proyecto, aunque sabía que eso ya era imposible. Le dije que podía vivir conmigo porque con mi socia habíamos alquilado una casa antigua donde ahora tenía mi *atelier* y donde había lugar de sobra para que ella estuviera cómoda. *No sabés lo lindo que nos ha quedado, Doris*, le decía. *Tenemos maniquíes antiguos, esos de antes, con pie de madera tallada, espejos enormes un poco manchados, que son más elegantes, una ventana que da al jardín del frente por donde entra sol de mañana, como a vos te gusta. El sol le da al piso de madera un color tan hermoso, si vieras, como si lo cubriera una capa de miel.*

Conservaba la ilusión de devolverle el cobijo que ella me había dado, de envolverla en los hilados, los brillos y los espejos de un taller de costura y de entibiar sus últimos años con texturas nuevas y bosquejos delirantes. Pero ella cada vez hablaba menos, preguntaba menos, hasta que nuestra conversación se redujo a algún comentario suelto y a esa única pregunta que ahora repite como si jamás me la hubiera hecho y yo nunca antes la hubiera evitado. Las costuras de su memoria cedían una a una, a medida que las puntadas se disolvían, roídas por el tiempo.

No me importa que no sepa bien quién soy yo. A través de la ventanita de su puerta, le cuento sobre mis experimentos con telares y con el estampe en tela para tener tejidos exclusivos. Le hablo de mis salidas con amigos sin mencionar jamás que el alcohol para mí sigue siendo un problema. Hay cosas que ni desnudo ni desanudo, como el derrotero fatal que recorren mis ojos. Le digo que en nuestro *atelier* están prohibidas las flores de tela industrializadas, que le dedicamos tiempo de introspección y de investigación a cada proyecto, que el local de alquiler de vestuario de época se ha hecho tan conocido que la gente de cine nos contrata todo el tiempo. *¡Si vieras! ¡Todos los días llega un productor a mirar lo que tenemos, Doris!* Hablo rápido porque sé que tengo poco tiempo. Exagero. Narro en pasado cosas que todavía estaban en carpeta y en presente cosas que nunca ocurrirán.

Está bien derecha detrás de la reja en forma de lira de la puerta de su casa. Abre la ventanita cuando me ve. *Espero que mi sobrina me pase a buscar para llevarme de paseo*, me dice cuando me acerco a saludarla. Trato de darle charla, pero se me queda mirando, como si yo hubiera empezado a hablarle en otro idioma. De pronto parece recordar quién soy y me pregunta lo de siempre. Le sonrío. Quiere preguntarme algo más, creo; no lo hace, vacila, se olvida. Al rato vuelve a decirme que la sobrina la va a llevar de paseo. De un brazo le cuelga esa cartera rígida que no recuerdo haberle visto nunca y apoya la otra mano sobre un pañuelo que le envuelve el cuello. Seguro que no sabe que es el que le traje de regalo hace unos años de Madrid.

Cuando llega el taxi con la sobrina se le encienden los ojos. La mujer me saluda con indiferencia, abre la puerta y la ayuda a bajar el escalón. A pesar de las medias de nylon y de los zapatos negros de taco que usa para salir, sus piernas no se parecen en nada a las que me recibieron en esa misma vereda en la época en que yo todavía llevaba flequillo y mameluco. Doris me saluda con una inclinación de cabeza que no llega a disimular el temblor que la sacude y avanza hacia el cordón. Se sube al auto y el tapado se le trepa. Mira hacia adelante porque ya me olvidó: no soy nadie en la fugacidad de su presente y el pasado que habito se escurrió de su memoria. Cruza las manos sobre la cartera de charol, el taxista le cierra la puerta y se van. De lo poco que veo, lo último es su coronilla a través de la luneta, esos rulos rubios y tiesos que resisten casi tanto como ella. Deseo con fuerza que donde sea que la lleven alguien se tome el trabajo de ponerle los ruleros y de maquillarle los ojos de celeste, así sigue siendo, hasta su última derrota, tan linda como Doris Day.

Me verás volver

En sus caras veo el temor, ya no hay fábulas
En la ciudad de la furia

Gustavo Cerati, *En la ciudad de la furia*

1

A la reunión de consorcio de abril fuimos pocos. Mientras acomodábamos las sillas en círculo dijeron que no era que les molestara tanto el tipo que se había instalado en la entrada sino el colchón donde dormía, porque estaba todo manchado y seguro que tenía pulgas de su mascota, un perrito que competía con él a cuál más sucio. La del 2A dijo que el bichito tenía sarna. Así dijo, con la voz toda melosa, *el bichito tiene sarna, pobrecito*. Todo es chiquito en el 2A. Seguro que su departamento tiene las puertas más angostas, el techo más bajo, las camas son individuales, las ventanas tienen vidrio repartido para que las transparencias se reduzcan, y así. Siempre que recordamos a Bichito hacemos bromas sobre el tamaño de sus posesiones y sus atributos.

Unos días más tarde nos contó Gómez, el portero, que Bichito se le acercó al Tipo y le preguntó si el perro tenía sarna, y el Tipo, tirado en el colchón y semidormido, la miró sin mover la cabeza ni para decir sí ni para decir no. Se quedaron congelados unos segundos. Imaginamos que Gómez también estaría quieto, tal vez junto a la puerta, apoyado en su lampazo, mirándolos. Ella después le dijo que, si él quería, lo podía curar. No era veterinaria pero sabía qué hacer porque amaba a los perros, a los gatos, a los caballos que tiraban de carros en contra de las regulaciones municipales. *Soy vegetariana*, terminó. Dice Gómez que él tampoco se movió ante esa manifestación de lo que nosotros después llamamos *solidaridad animal indiscriminada*, pero igual Bichito fue a la veterinaria, compró una caja de pipetas y un collar para las pulgas, volvió al edificio, le dijo al Tipo que iba a subir el perro para ponerle el medicamento, y al rato se lo devolvió con olor a baño sanitario y una cosa blancuzca en la oreja que según ella lo iba a curar. Toda una semana, al llegar del trabajo, se ocupó de subir el perro a su departamento para alimentarlo, ponerle la pipeta y después devolverlo al asqueroso colchón del Tipo, que a veces ni se enteraba de todo este movimiento, dormido y cubierto hasta la coronilla con una manta al crochet llena de enganches. El perro era marroncito, tenía las patas cortas y la cola larga y gorda como una salchicha alemana, el hocico medio torcido y un colmillo inferior por fuera del labio que le daba un aire de resentimiento que, después de todo, podía estar bien fundado.

2

Ya en la reunión de mayo estuvimos todos. Se había decidido no encomendarle más la administración del edificio a una inmobiliaria y teníamos que definir cuál de los propietarios se haría cargo de la ímproba tarea. La inmobiliaria se había encargado de instalar un par de cámaras en la entrada unos meses atrás, una para ver quién tocaba el portero y otra que mostraba ingreso de autos a la cochera, pero nos habíamos enterado por el del 1B de que el que vendía e instalaba los aparatos le había pasado una buena comisión al administrador. El servicio no era malo: cada departamento ahora tenía un visor sobre el portero eléctrico donde se veía un sector de la calle y quién entraba y salía, siempre que hubiera suficiente luz para distinguir las formas.

Como hacíamos habitualmente, nos reunimos en el vestíbulo, cada uno sentado en una silla que bajaba de su departamento. Mientras esperábamos que llegaran todos, nuestra vista vagaba, magnetizada, hacia la figura del Tipo acurrucado en el colchón a pocos metros, del otro lado de la puerta de vidrio, junto a los remolinos de hojas que levantaba el viento del otoño. Una vez que el círculo de sillas estuvo completo y después de conversar un rato de cosas intrascendentes, se decidió que de la administración se haría cargo el dueño del 1B, un hombre grandote, de unos sesenta, con mucho pelo que alguna vez fue rubio y una rosácea feroz. Fue el único que se ofreció. Dijo que haría un grupo de Whatsapp para estar mejor comunicados y que para las reuniones ofrecía su departamento, así no teníamos que estar mirando al roña ese mientras imaginábamos los destinos de nuestro querido edificio.

Cuando nombró al Tipo todos miramos a través del vidrio y callamos. Después hubo quien dijo que a la larga algún día se iba a ir, pero que no le gustaba que se sentara con las piernas atravesadas y no se pudiera pasar sin pedirle permiso. El nuevo administrador convino que una cosa era que ocupara un costado de la entrada, digamos un tercio de los baldosones del ingreso, y otra que hubiera que entrar por la cochera porque se había dormido a lo largo de los escalones o que, de no haber llevado llave de la entrada de autos, hubiera que *solicitarle que se aparte*. Según él, se pusiera como se pusiera el Tipo siempre iba a molestar, porque si se acostaba a lo largo de la pared no se podía tocar el portero, así que también *constituye un problema*.

No solo dijo *constituye*, palabra que hizo que intercambiáramos codazos: se atrevió a pronunciar justo la palabra *problema*. *¿Que el pobre hombre es un problema, querés decir?*, saltó la del 2B. *Problemas tiene él, no nosotros. ¡No tenés corazón!* Bichito asentía y ponía la cabeza de lado, como hacen los perritos cuando escuchan un ruido nuevo. La del 2B entonces pronunció su amenaza: que a nadie se le ocurriera llamar a la policía porque ella se iba a encargar de que se supiera quién había sido el desalmado que no sabía de solidaridad con el vulnerable. A la del 2B todos le teníamos miedo porque era de cuchillo en liga, brava la piba, una Juana Azurduy que te taladraba con los ojos. Se hizo un silencio espeso del que no daban ganas de salir. Tras amenazar, Cuchillo en Liga tomó aire y nos dijo a todos, porque se ocupó de demorar la mirada en todos, uno por uno, hasta volverla sobre Sin Corazón, que ella le iba a alcanzar comida al Tipo y le iba a pedir que se pusiera a lo largo de la otra pared, la del negocio, así no bloqueaba el ingreso ni el portero eléctrico, y sobre todo, así no molestaba al señor. Quisimos decirle que sobre la otra pared estaba la vidriera de la boutique y que la dueña se iba a enojar, pero no dijimos nada.

3

Sin Corazón no iba a dejar así las cosas. Esa misma noche primereó a Cuchillo en Liga: bajó con una bandejita de esas de rotisería con estofado y un vaso de telgopor con té. El Tipo se comió hasta la última papa y dejó la bandeja en el escalón, los cubiertos de metal en cruz sobre el fondo coloreado de salsa y el vaso paradito en el extremo del peldaño. Nos contó Gómez que a la mañana siguiente Sin Corazón subió todo y lo tiró a la basura, seguro que cubiertos incluidos, y que cuando la cruzó a Bichito en el vestíbulo le dijo que le había dado de comer al Tipo, orgulloso. Ella le contestó que le había bañado el perro. *Unos días más y la orejita se le cura.* Se miraron y se sonrieron.

Gómez no entendía el cambio de actitud de Sin Corazón, que había pasado de quejarse de la presencia del indigente a alimentarlo. Mientras subíamos en el ascensor se nos ocurrió especular con la posibilidad que el estofado tuviera algún añadido. ¿Sería tan desalmado el del 1B como para ponerle algo a lo que le daba al Tipo? Al llegar al tercer piso pasamos a otro tema. Eso ocurría a menudo: el tiempo que llevaba ver al Tipo, pasar a su lado y dar los pasos siguientes se poblaba de su presencia, pero lo olvidábamos de inmediato.

4

Algo hay que hacer con el roñoso ese, que es un peligro, nos dijo la señora del 3B cuando bajábamos en el ascensor. Nuestro edificio es de pocos pisos pero tenemos un ascensor de esos antiguos que más parece una jaula montacargas, cochera, local al frente y entrada con escalones de mármol. También tenemos bronces lustrados y un olor a bife que sube y baja con el ascensor como el recuerdo molesto de una tarea pendiente. *El otro día lo vi revolviendo la basura*, siguió la mujer cuando llegamos a la planta baja. *Pero ustedes vieron cómo se pone la chica esta que es de armas tomar. Yo no me animo a decir nada ni a llamar a la policía, porque vaya a saber una qué hace o dice la chica. Encima vieron que el hombre tiene un ojo como enfermo. Es un peligro.*

Todo para ella era siempre un peligro. *Sumpeligro*, decía. Llegamos a la puerta de entrada. El colchón estaba del otro lado del ingreso, sobre el vidrio de la casa de ropa, y el Tipo dormía abrazado al perrito, que como después nos enteramos, Bichito bautizó Pupi. Pasamos a su lado en silencio. El animal nos siguió con la vista. Cuando volvimos del trabajo los encontramos en la misma posición, pero sobre uno de los escalones había una coca cola vacía y una bandejita de telgopor con medio mixto mordido. Sin siquiera saludarnos, Cuchillo en Liga, que llegaba en bici en ese momento, levantó los restos de la merienda del Tipo. Le sostuvimos la puerta para que pudiera entrar empujando la bici con la mano libre y llamamos el ascensor. Le abrimos las dos puertas, hizo rodar la bici hasta calzar la rueda en el fondo de la jaula y cerró las puertas con la mano libre. Ni se dio por enterada de que nos había dejado afuera.

5

Y encima a la gente ahora le da vergüenza bajar la basura, nos dijo Sin Corazón. Sin ir más lejos, le pasaba a su vecino. Se refería al que vivía solo en el 1A, un hombre calvo pero joven que a veces aparecía con una rubia natural y a veces con otra teñida de colorado. No sabíamos si alternaba o la cosa iba en simultáneo. Parece que el Pela había visto desde su balcón, que al estar sobre la cochera le daba una visión bastante completa del Tipo, que revolvía la basura bien tarde, justo antes de que pasara el camión, y que una vez que rescataba lo que le parecía valioso o comestible cerraba la bolsa y dejaba todo prolijo para que no nos aviváramos. Al Pela le daba vergüenza porque cuando dejaba la bolsa el Tipo lo miraba salir y entrar (*a lo largo del aire frío de la luna de junio*, recitamos más tarde), y se quedaba ahí como disimulando, con la espalda sobre la vidriera, callado como siempre, con el perro hecho un ovillo en el hueco de las piernas cruzadas si estaba sentado o con la cabecita apoyada en el nido de su codo si estaba acostado. Sin Corazón le preguntó al Pela por qué le daría vergüenza bajar la basura, si el que tenía que tener vergüenza era el vago ese, pero parece que al Pela le daba *cosa* tirar comida. *Te das cuenta*, le dijo, grandes los ojos, *yo tiro lo que me va sobrando y él se come eso que yo tiro*. El otro sacudió la cabeza y frunció la boca. *Que labure*, parece que dijo Sin Corazón, pero bien que cada tanto le bajaba arroz con pollo o un plato de sopa y una vez nos contaron que hasta le alcanzó una punta de costilla que asó en el balcón.

6

Recordamos con precisión que, cuando llegó la primera oleada de aire helado del invierno, el Tipo se ovillaba bajo la manta de cuadraditos de colores que parecía menos abrigada que la que usaba para cubrir el colchón y en un tobillo enganchaba las tiras de una mochila sin cierre y en el otro la manija de una bolsa plástica. El Pupi se encargaba de que no se le enfriaran los pies. *¿No les parece que está haciendo demasiado frío para que esté afuera?*, preguntó Bichito en el grupo de Whatsapp del consorcio. Nadie le contestó. Es más: por varios días nadie intervino en el grupo, acaso por temor a que reiterara la pregunta. No aclaró si se refería al Tipo o al perro.

El tufo que tiene ese perro, dijo a los pocos días Sumpeligro en el ascensor cuando subíamos con Bichito, que llevaba al animal alzado para bañarlo. Íbamos todos apretados para no quedar cerca del animal. Bichito nos sonrió con ironía y le dijo: *Es imposible que tenga olor, señora, porque lo baño todas las semanas. Y si se fija* —le acercó el perro a la cara— *tiene la orejita sana ya, porque yo me ocupé*. Sumpeligro quedó pegada a la reja del ascensor, con la cara vuelta a un costado del asco. Seguro que le pasó como a nosotros y le quedó en la nariz el olor húmedo y caliente del perro y en los oídos su jadeo irregular.

Bichito dejó las puertas del ascensor abiertas, así que tuvimos que cerrarlas nosotros para llegar al tercer piso. Al bajar del ascensor oímos que la chica le gritaba a su compañera de departamento que la vieja chota de arriba decía que el Pupi tenía tufo. *Tufo le sale a ella del culo*, gritó la otra, y la puerta se cerró con un golpe. *Son unas guarangas esas dos*, nos dijo Sumpeligro, roja de vergüenza. Seguro que al entrar en su departamento se miró en un espejo para ver si era mucho más vieja que Bichito. Seguro que comprobó que sí.

7

Empecé a hacer compost, escuchamos que el Pela le decía a Sin Corazón mientras esperaban el ascensor. Lo bueno de los edificios viejos es que todo lo que se conversa junto al ascensor se oye en los pisos superiores. Esos días el Pela andaba solo, sin Rubia ni Colorada.
¿*Para no tirar comida, lo hacés?*
Con mi novia vimos que casi todo lo que comemos se puede volver compost. Y entonces no desperdiciamos comida.
Y el Tipo no puede comer de tu bolsa.
Es la solución que encontramos.
Convertir los restos de comida en abono.
Y sí. También por el medio ambiente, viste.

8

Cuchillo en Liga estaba hecha una furia. *Que alguien me diga, a ver,* puso en el grupo del consorcio, *que alguien me diga* quién fue el hdp que llamó a Desarrollo Social por el hombre de abajo.

Nadie le contestó. Fue por ella que nos enteramos de que lo habían llevado. Por unos días el colchón estuvo apoyado en diagonal contra la vidriera de la boutique. Después Gómez lo llevó al sótano junto con la bolsa de plástico, que no se animó a abrir, y la mochila sin cierre. Las mantas se habían ido con el Tipo, y del Pupi, que se escondió en la cochera, se hizo cargo Bichito. *Lo tengo en tránsito*, avisó en el grupo. *Si alguien quiere colaborar con alimento o con la pipeta de la sarna, lo voy a agradecer.* Nadie contestó tampoco ese mensaje.

Estará en un refugio de esos para homeless, le dijo la Rubia a Sin Corazón mientras esperaban el ascensor. La habíamos visto más temprano, cuando llegaba de visita, y parecía haber vuelto de vacaciones, porque se la veía bronceada. *¿Cómo se le dice a esta gente en castellano?*

Vagos de mierda, le dijo Sin Corazón.

Ay, pobre.

Pobres nosotros que pagamos los impuestos para que ese tipo tenga un refugio, comida gratis, ropa, agua caliente.

Se subieron al ascensor y las voces se hundieron en el edificio, mezcladas con los chasquidos y los rumores del motor. Después las puertas —la interna del ascensor con su estruendo metálico, la exterior con su queja, el clic de la cerradura de la puerta de vidrio y hierro del frente— y el silencio. A veces lo que más identifica a los edificios es la calidad de su silencio.

9

Hizo frío y llovió despacio y largo casi todo julio. El invierno se robó la luz de los balcones. Subíamos las persianas para que el día durara más, pero la noche se colaba por todas partes, húmeda y triste. Nada parecía llevar a nada. Salíamos temprano, trabajábamos hasta el atardecer, volvíamos con la bolsa de comida y una botella que nos ayudara a dormir, subíamos en el ascensor de a dos o de a tres, cada uno saludaba antes de bajarse y nadie se acordaba del Tipo, ocupados en nuestra rutina y en conflictos cotidianos que se sucedían sin real trascendencia. Cada tanto un ladrido del Pupi nos recordaba el buzo gris con los puños raídos negros de mugre, la mata de pelo apelmazado y la barba despareja, las manos deformadas por la artritis, los pies a veces descalzos sobresaliendo del colchón, pero a decir verdad, mayormente lo habíamos olvidado.

Llovía tanto que Gómez tuvo que poner cartones sobre el mármol de la entrada para que no nos resbaláramos, porque Sumpeligro dijo que eso era un peligro. El agua de la calle desbordaba el cordón y a veces las olas llegaban, impulsadas por el paso de los autos, a tocar el primer escalón. *Bueno*, nos dijo Cuchillo en Liga un día que entramos juntos, *el hombre no habría podido vivir acá con este tiempo*. Más tarde escribió en el grupo: *¿Alguien sabe cómo se llamaba el hombre de abajo?* Se ve que se quedó pensando. Nadie le contestó. En eso siempre nos poníamos de acuerdo.

10

Cuando dejó de llover nos cambió el ánimo. *Tres semanas llovió*, nos decía Gómez a todos, contento, cuando salíamos a la mañana. *Todavía estoy sacando agua del sótano*, agregaba, si alguien se demoraba en la puerta, gesto que él interpretaba como ganas de conversar. Bichito le compró una correa al Pupi y empezó a sacarlo a diario a dar una vuelta a la manzana. Le hablaba en voz alta como si el animal fuera una persona. *Ya va a venir papá a buscarte, vas a ver. Vos quedate tranquilo, Pupi.*

Pasadas esas tres semanas, hubo algunos días de nubes y viento y después de eso salió el sol, pero no un sol pálido de invierno, de esos que parecen brillar de espaldas: un solazo que nos calentó los huesos en una mañana. La gente andaba a las sonrisas por la calle. Desde el tercero se podía oír a Gómez cantar un tango con la letra cambiada mientras acomodaba el sótano. En el grupo preguntó qué hacía con los bagayos. No entendimos al principio, pero Sin Corazón explicó que se refería al colchón y a los bártulos del mugriento aquel. *Quémelos*, puso después. Cuchillo en Liga saltó diciendo que eso era destrucción de propiedad privada. *Ni se le ocurra, Gómez, mire que lo denuncio.* Sumpeligro puso: *Tendremos sus cosas en guarda porque somos buenas personas.* Bichito puso una hilera de manos morenas que aplaudían.

11

Según contó Gómez después, el Tipo apareció caminando una mañana temprano, con un pulóver rojo y las mantas sobre los hombros, se sentó en su lugar de la entrada y ahí se quedó, sin decir nada. Más tarde lo vimos, con los brazos cruzados sobre el pecho y la cara ofrecida al sol. Parecía más pálido, como si estuviera convaleciente. Gómez le dio los buenos días, el Tipo lo miró sin contestar, fijos en el portero el ojo bueno y el ojo malo, y en eso quedó el intercambio de la mañana.

Cuando terminó su jornada, después del mediodía, Gómez le alcanzó el colchón, que se había mojado en un extremo, la bolsa de plástico y la mochila sin cierre. Cuando se enteró de su regreso, Bichito bajó con el Pupi, lo llevó a dar su vuelta a la manzana y se lo dejó. El Tipo recibió al perro sin muestras de alegría ni de agradecimiento. El perro se instaló en el colchón con su jadeo desigual y no volvió a mirar a Bichito hasta que, a la semana siguiente, ella bajó con la correa para bañarlo.

12

Yo me voy a encargar de averiguar quién es ese mugriento, nos dijo Sin Corazón una noche en la penumbra de la planta baja. *Les voy a pedir algo: ustedes bajen con una botella de vidrio con algo de tomar y se la dan como cosa suya. Que no esté muy fría, así no se hacen gotitas que borren las huellas. Después cuando él duerma la pongo en una bolsa de plástico y se la llevo a mi gente en la policía. Ese tipo puede ser un criminal.*

¿Usted tiene contactos en la policía?

Por supuesto, qué se creen. Miró a los costados casi sin mover la cabeza.

Si estuvo en un refugio del Estado seguro que lo identificaron, le dijimos.

¿Esos inoperantes? De casualidad que saben dónde tienen el culo.

Como pasaban los días y no lo hacíamos, subió a nuestro departamento y nos dio una botellita de coca cola, que le llevamos al Tipo con un par de facturas medio duras que nos habían quedado. Aceptó la bolsita y la botella con la indiferencia de siempre, sin inclinar la cabeza para simular gratitud ni levantar la vista. Siempre tenía un ojo vivaz y el otro enrojecido, ambos fijos en el piso, en la pared o en algo que tal vez le hablara. Cuando miramos por sobre el hombro vimos que le acercaba una factura al Pupi y que el animal le daba un par de lengüetazos tímidos antes de tomarla, poniendo el hocico de costado, con el colmillo rebelde.

13

¿Te acordás del colombiano aquél que jugaba al fútbol y desapareció después de una concentración?
Hace como veinte años, más.
Decían que era un ajuste de cuentas narco. Lo buscaron un montón...
No me acuerdo ni del apellido, pero sí, algo me acuerdo.
¿Y si es el Tipo de abajo? A lo mejor se pudo escapar, porque ponele que estaba secuestrado. Se escapa, ninguno de sus conocidos lo quiere alojar por temor al cartel, no puede irse porque lo encontrarían apenas pase la aduana, así que se esconde ahí donde nadie lo vería, en un colchón en la calle, y el tipo tiene millones en el banco que nadie puede tocar o que le administra otra persona sin decirle a nadie que está vivo, y tiene que vivir así en el frío y con un perrito de calefactor.
Ah re.
Sí, me fui al carajo.

14

Alguien tiene que hacer algo con ese tipo, por el amor de Dios,

puso Sumpeligro.
¿Qué pasó?, le preguntó al rato Cuchillo en Liga.
Mueve la mano bajo la manta.
Los pocos que contestaron solo lo hicieron con emoticones de espanto o de risa.
Es un peligro.
Sin importar cómo tuviera puestas las manos en relación a la manta y a sus intimidades, cada uno lo saludaba distinto al Tipo. Había quien le daba los buenos días como si se tratara de un vecino más, que después de cuatro meses de ocupar la entrada ya casi lo era, otros hacían una inclinación de cabeza (te veo, sé que estás ahí pero no merecés mi palabra), y estaban los que miraban siempre al frente, como si no existiera, o acomodaban cosas en la cartera o en el portafolios al pasar junto a él para no tener que verlo. Él recibía saludos, silencios o cegueras con el ojo bueno y el ojo malo fijos en el piso o en la pared.

Un día empezó a hacer algo. Cuando pasábamos a su lado alzaba la mano, curtida, manchada de vaya a saber qué, con los nudillos hinchados de alguna dolencia sin tratar. No la levantaba con la palma hacia arriba como pidiendo, ni con el puño ajustado para dar un golpe, ni abierta y tensa como si fuera a cachetear; lo hacía en un gesto extraño: apoyado en el colchón sobre un codo o un hombro, elevaba la diestra en el aire, la palma hacia la puerta de entrada y el dorso hacia la calle. No nos miraba, solo alzaba la mano y ahí la dejaba.

El grupo de Whatsapp se empezó a mover después de días de inactividad. *¿Alguien sabe qué quiere decir el tipo de abajo cuando levanta la mano?*, preguntó el Pela. *A mi novia le dio miedo el otro día pasar al lado de él con la mano levantada así.* Sumpeligro se puso del lado de la novia del Pela: a ella también le daba miedo, porque podía tocarla. *Para mí que nos pide algo, limosna, no sé,* puso Cuchillo en Liga. *Come más que yo,* puso Sin Corazón. *El Pupi come más que yo,* fue el comentario de Gómez, que era parte del grupo por cortesía de Cuchillo en Liga.

Un día escuchamos a través de la puerta que Sumpeligro conversaba con el portero en el palier. Gómez barría.

¿Gómez, usted habla con el hombre?
Yo le hablo pero no me contesta. Le digo buen día, esas cosas.
¿Usted no le puede preguntar qué quiere con la mano?
¿Bajo la manta?
No, no, Gómez, no sea asqueroso. Cuando hace así.

Vimos por la mirilla que la Señora extendía la diestra con la palma hacia la izquierda y el dorso a la derecha. Gómez hizo lo mismo y se la estrechó. Movieron las manos arriba y abajo unos pocos centímetros, mirándose un poco extrañados.

Mucho gusto. Eso quiere el hombre, un mucho gusto.

15

Es por el bien de ustedes que no les digo quién es el Tipo, murmuró Sin Corazón cuando nos cruzamos en el ascensor unas semanas después de que nos dio la botellita para que le levantáramos las huellas. Fruncía un poco los labios bajo un bigote que alentaba a crecer siguiendo alguna moda de la que no nos habíamos enterado.

¿Es peligroso el tipo? ¿Lo busca la cana?

Por toda respuesta se concentró en abrir y cerrar las puertas del ascensor muy lento, como si no quisiera hacer ruido, nos miró y repitió:

Es por el bien de ustedes. Creanmén.

¿Por qué sería por nuestro bien? Lo único que se nos ocurrió en ese momento fue pensar que si conocíamos su identidad nos asustaríamos a tal punto que nuestra vida perdería su encanto, su *bien*. Un asesino, un genocida. Sí, lo peor para nosotros, lo que más cambiaría nuestros días para mal sería que bajo nuestra ventana durmiera un torturador. Nos pusimos a hacer cuentas una noche compartiendo una cerveza frente a la puerta cerrada del balcón. No le daba la edad para haber sido parte de un grupo de tareas. ¿Cuántos años podía tener el Tipo? ¿Cincuenta? ¿Unos malísimos cuarenta? No, no podía haber sido parte de la patota.

Un asesino de mujeres, un violador. Pero si fuera así, nuestro *bien* dependía de saberlo, no de ignorarlo, de saberlo para cuidarnos, denunciarlo, sacarlo de circulación. *Un genocida de otro país*, pensamos después. *Uno que se haya escapado de una guerra europea, ponele. ¿Cuál? Hubo tantas. Desde acá son todas iguales. Todas las guerras se parecen*, dijimos. *No, la paz se parece y las guerras son todas distintas.* La luna estaba finita, baja sobre el horizonte. La imaginamos reflejada en el agua, más allá de los techos y de nuestra vista. Nos quedamos en silencio, mirando cómo el viento del este hacía correr las nubes, que tapaban las estrellas de a ratos. Hasta ese momento el Tipo no nos había molestado tanto, pero esa noche le empezamos a tener un poco miedo.

16

Gómez barría alrededor del colchón mientras el Tipo dormía, pero los martes y los sábados tocaba baldear y la cosa se le complicaba, porque se había propuesto limpiar alrededor del colchón sin mojarlo. El Tipo y el Pupi se quedaban sentados cada uno en su puesto, mirando el escurridor ir y venir frente a sus ojos. No bajaban las patas hasta que el piso estuviera seco. *No saben lo que tardo cuando tengo que baldear,* nos dijo un mediodía a un par de metros del Tipo, *todo por no mojar ese colchón de mierda. ¿Y ustedes creen que el vago ese se mosquea? ¿Que levanta el colchón para que yo pueda limpiar abajo, que activa? Ni ahí.*

Miramos en dirección al Tipo y vimos que observaba la pared en la que antes se apoyaba, un muro bajo que continuaba la baranda de la escalera y que separaba la entrada principal de la cochera. El vidrio de la boutique, donde días atrás habían instalado una cortina para que ese sector dejara de funcionar como vidriera, seguro que era más frío que ese medio muro, porque quedaba expuesto al cachetazo del viento. Mientras Gómez pasaba el trapo bordeando el colchón, el Tipo levantaba las mantas para que no se mojaran, y una vez que Gómez terminaba de limpiar, acomodaba la manta a rayas bien estirada sobre el colchón y se tapaba las piernas con la otra, la tejida al crochet. Se comportaba como quien espera en un rincón a que terminen de limpiar su cuarto de hotel para continuar descansando.

Si será boludo, nos dijo Gómez ese mediodía, apoyando las manos una sobre la otra en el extremo del escurridor. *Seguro que por cubrir las manchas del colchón se caga de frío, porque tiene dos frazadas y se tapa con una sola. Si será.*

Vaya a saber, Gómez, le dijimos, con algo de incomodidad porque el Tipo seguro que podía oírnos, aunque su mundo acaso estuviera tres dimensiones más allá que el nuestro, o más adentro.

17

Un día al Tipo le apareció una novia, o mejor dicho, una mujer que imaginamos sería su novia. Ella sí hablaba: cuando pasábamos al lado del colchón donde ahora había dos sentados codo con codo, ella decía, bien fuerte, con una voz castigada por mil puchos, *buen día señó, buen día señora, hola chico,* y así. Algunos contestaban, otros no, pero no mirarla a ella era más difícil, primero porque tenía el pelo de cuatro o cinco colores, como si hubieran usado su cabeza para probar tinturas en un curso de peluquería, y segundo porque como ella saludaba en voz bien alta, no podíamos simular que no la habíamos oído, así que al menos teníamos que hacerle una inclinación de cabeza, sonreír a medias, gruñir algo.

Cinco Colores iba y venía. A veces estaba y a veces no. Llevaba una bolsa de tela camuflada de donde siempre asomaba un salamín, o una flautita, el cabito de una banana. Nos entreteníamos especulando si sería amiga o pariente, pero preferíamos pensar que era su amante, aunque concebir el amor sobre ese colchón fuera demasiado para nuestras imaginaciones germofóbicas. Cuando ella llegaba a acompañarlo, él se sentaba más derecho y hasta parecía que se le alineaban un poco los ojos. Después de un par de días de compartir el colchón, ella volvía a partir y él abandonaba los hombros a su acostumbrada curva de desánimo.

Le preguntamos a Sin Corazón si quería que le tomáramos las huellas también a Cinco Colores y nos dijo que no hacía falta, que con ella estaba todo en orden. Nos miró como si ya lo hubiera hecho.

18

Bajamos bien temprano un domingo de fines de agosto y vimos que sobre el colchón estaban Cinco Colores y el Pupi, y que en medio de un amasijo de mantillas había un nene. Un Pibito.
Buen día, buen día. Si va compra' una' faturita' acuerdesé de una, po' favó'.
De regreso le dimos una bolsa de papel con tres medialunas.
¿Y el hombre?, le preguntamos.
'Ta en lospitalito.
Nos quedamos mirándola sin entender pero sin ganas de conversar ni de enterarnos, en realidad, de dónde estaba el Tipo.
En lospitalito, acá en la otra cuadra. Lospital.
¡Ah! ¡En la guardia de la Cruz Roja! ¿Qué le pasó?
Lo llevé a lospitalito por la fiegre. Tenía fiegre.
Avísenos si necesita algo.
Gracia, gracia.
¿Y ese nene?
E' mi nene.
¿Cómo se llama?
Luquita.
Ese habría sido el momento de preguntarle cómo se llamaba el Tipo, pero justo el Pela salió del edificio y aprovechamos la puerta abierta para entrar. En el ascensor no podíamos dejar de reírnos. Desde entonces a la Cruz Roja le dijimos Lospitalito.

Que Cinco Colores tuviera un pibe era inconcebible. No la habíamos visto nunca antes con el nene, que no podía tener más de un año. ¿Y si lo había robado? Ocupamos el fin de semana en buscar si había niños desaparecidos en la ciudad. Nada. El Pibito no se parecía a ella, pero en realidad tampoco sabíamos a qué se parecía ella, entre los ojos hinchados, la boca deformada por la dentadura irregular, las manchas de la piel y el cabello colorinche. Lo inconcebible no era que hubiera parido sino que alguien le haya hecho el pibe. ¿Dónde? ¿Quién?

El nene parecía feliz, acordamos. Sentado en su nido de mantas, bastante limpio, jugaba con una cajita de cartón que daba vueltas entre los dedos como si fuera un cubo de Rubik. Así lo vimos al salir a caminar por la tarde, absorto en su cubo mágico de una sola pieza. Cuando volvimos el Tipo ya estaba en su lugar, con el Pupi sentado en el hueco de sus piernas, vigilante.

Acá me lo trajeron en un remitrucho, nos dijo Cinco Colores con su voz alta y ronca.

Pasamos de largo con una inclinación de cabeza mínima, mirándolos solo lo suficiente para ver que el Tipo tenía expresión de nunca haberse enterado de que pasó unas horas en lospitalito, fija la mirada impar en la pared que no le dejábamos ocupar y entrelazadas las manos por delante del pecho del Pupi.

¿Será de él el Luquita? ¿Le habrá puesto Luca por Prodan, vos decís?

19

Nunca supimos quién avisó que había un menor en situación de calle. Lo cierto es que una mañana se los llevaron a los tres en un móvil ante la mirada de Gómez, que se quedó apoyando en el palo del escobillón. Cuando pensó que ya no volverían, guardó los bagayos y volvió a manguerear los escalones. La entrada ahora parecía la de un edificio normal, con sus flores en el cantero de la vereda, los bronces lustrosos y un portero vestido de grafa azul que se entretenía con su manguera verde viendo a la gente pasar rápido para esquivar el chorro de agua. Esta vez llevó el colchón al fondo de la cochera, al lado de los bidones, porque la vez anterior el sótano se llenó de un olor difícil de sacar. Se llevaron el bolso y la mochila junto con el Tipo. Supusimos que al Pupi lo tendría Bichito, pero un par de días después ella preguntó en el grupo si alguien lo había visto. Nadie le contestó.

El Tipo volvió a los pocos días, sin el Pupi y aún más flaco, con el pulóver rojo que ahora le quedaba grande y un gorro nuevo, tejido por manos principiantes, con un pompón multicolor. Cuando llegó el primer calorcito de septiembre, se quitó el pulóver y se puso al sol en remera de mangas cortas. Una mañana al pasar a su lado lo miramos con disimulo y pudimos confirmar lo que nos había comentado la Colorada una vez en el ascensor: tenía cicatrices en las muñecas como de haberse querido abrir las venas. Tuvimos que mirar varias veces porque solía tomar sol cruzado de brazos, pero ese día lo agarramos justo levantándose el pelo que le caía sobre la frente y vimos los tres cortes, dos claros y uno rosado. *Una marca es reciente*, nos había dicho la Colo.

El problema de conversar con la Colorada era que sentíamos el deseo de seguir hablando con ella de la vida y que a la vez nos queríamos apartar porque sabíamos de la Rubia. A veces hablábamos con una, a veces con la otra, pero la más simpática era la Colo. La Rubia era toda correcta, con sus libros y su hablar pausado, pero la Colo era bien tiro al aire, culisuelta sin ser escandalosa, de puteada fácil y risa grave.

¿Che, vieron que el tipo de abajo tiene marcas en los brazos, como que se quiso matar?

No digás.

Fijensé, doy fe. Yo le vi dos marcas viejas y una nueva. Miren y me dicen. Y la nueva, es más, está a lo largo, como que aprendió.

Si se quiso suicidar y lo encontraron a tiempo puede ser que haya estado internado en un psiquiátrico y que se haya escapado de ahí. O a lo mejor se fue de su casa cuando lo rescataron y buscaba todavía el mejor lugar para matarse. Un día iba a aparecer con las venas abiertas en el frente del edificio, la sangre cruzando la vereda y encharcada en las fresias. O podía llegar a colgarse en la cochera, aprovechando las vigas de metal del fondo, donde Gómez tenía el tingladito con bidones de nafta y baldes para lavarnos los autos. Por el lavado cobraba aparte. Y en cuanto a la nafta, un amigo suyo robaba un bidón por noche de una estación de servicio y la repartía a mitad de precio. Gómez nos había ofrecido cargarnos el tanque con un buen descuento y todos aceptamos. Mientras nos acordamos del Tipo pensamos en sugerirle a Gómez que no dejara sogas ni banquitos fuera del sótano, pero después de unos minutos, como siempre, nos olvidamos.

20

Sin corazón convocó a una reunión de consorcio en septiembre para plantear otra cuestión relacionada con el Tipo, además de la invasión de cucarachas de la que se venía quejando Sumpeligro. Junto con series más largas de días de sol y brisas apenas frescas, la primavera había traído un nuevo problema. Cuando en invierno pasábamos junto al colchón y el Tipo no estaba —en esa época dejaba al Pupi cuidando los bolsos— a nadie se le ocurría preguntarse dónde iría. El calor de la primavera, a la vez que reverdeció el césped del cantero de la vereda, reveló que se ocultaba a mear entre el medio muro y la entrada de autos y que usaba el baño de la cochera cuando Gómez barría el fondo con el portón abierto. Gómez juraba que nunca lo vio entrar a la cochera y que, menos aún, le dijo que podía usar el baño, pero nadie le creyó: *Si yo fuera Gómez*, dijo el Pela en la reunión, *preferiría que el tipo usara el baño de la cochera a tener que limpiar más de lo que ya limpio*.

El problema no parecía ser tanto que usara ese baño sino que meara oculto por el medio muro cuando Gómez ya se había ido. Lo templado de esos días intensificaba el olor. Sumpeligro no se aguantó: *Si esto huele así ahora, imagínense en enero lo que va a ser*. Tras unos segundos de silencio, habló Sin Corazón: *Ustedes me dirán facho y esas cosas que sé que piensan, pero a ver qué les parece esto. Si alguien le puede sacar una foto al roña ese meando, porque vieron que la cámara no capta ese ángulo y además no graba, lo podemos denunciar y aunque sea una contravención, lo van a sacar de la puerta por unos días. Y mientras está guardado, enrejamos el ingreso para que cuando vuelva ya no pueda instalarse*. Supusimos que Bichito se apiadaría del papá del Pupi y que Cuchillo en Liga diría que efectivamente Sin Corazón era un facho y encima un pervertido, pero las dos se quedaron calladas. Se ve que el límite de sus respectivas solidaridades era el exhibicionismo del Tipo. *Yo saco la foto*, dijo el Pela. *Desde mi dormitorio veo ese sector del ingreso y tengo una cámara con buen zoom*. Cuchillo saltó: *Es imposible que llegues a ver ese lado del ingreso a la cochera desde tu ventana*, pero el

Pela se apuró a decirle, con un guiño bastante desagradable: *¿Querés ver todo lo que se ve desde mi cuarto? Subí que te muestro.*

Sumpeligro propuso plantar un par de jazmines en el cantero para que el perfume disimulara un poco el olor a orina.

Subimos con Sin Corazón por la escalera para no tener que esperar el ascensor, donde los demás hacían fila.

Si le sacan esa foto y lo encanan, y la cana se da cuenta de quién es...

¿Pero quién es?

Es por el bien de ustedes.

21

Gómez lo quiso convencer de ayudarlo a limpiar a cambio de la comida que le dábamos. Le dio unas bolsitas y le dijo que juntara la caca de los perros que aparecía cada tanto en la vereda bien temprano, antes de que Gómez llegara. Nosotros estamos seguros de que jamás juntó nada, pero Gómez aseguraba que lo hizo un par de veces y que después ya no, *cuando llegaron los trapitos dejó de hacerlo,* dijo. Nunca le creímos nada a Gómez.

A la cuadra llegaron dos trapitos que, al ver al Tipo, se ubicaron a unos metros de nuestra cochera. Le dejaban a él las mochilas para que se las cuide y le convidaban cigarrillos que el Tipo aceptaba. Nunca supimos si realmente hablaban, porque apenas alguien salía del edificio los dos trapitos se alejaban de la entrada, pero según el Pela, que se ve que era cierto que tenía una buena panorámica de todo lo que ocurría frente a la cochera y en la entrada, los trapitos le hablaban y él los miraba.

No sé si llega a decir algo, porque la barba le cubre la boca. Pero cabe la posibilidad de que con ellos sí hable.

También podía ser, pensamos, que el Tipo fuera un cana. Lo discutimos mucho. La hipótesis era descabellada pero no imposible, aunque nos resultara inimaginable que alguien aceptara trabajar de incógnito a la intemperie por meses. A lo mejor no era a él a quien había que temerle sino a quien él estaba vigilando. Se había ubicado en un lugar desde donde podía ver toda la cuadra de enfrente y saber todo de nosotros, así que bien podía estar vigilando a alguien, esperando la llegada a la ciudad de alguien, andá a saber. Descartamos la posibilidad de que fuera un asesino a sueldo porque con esos ojos el Tipo no veía ni a dos metros, pero sí nos podía ver a nosotros, y podía oír lo suficiente acerca de la gente de nuestro edificio como para avisarles a sus jefes, los verdaderamente peligrosos, si pensaba que ya era el momento de matarnos.

Ponele, por ejemplo, decíamos, *que Sin Corazón es la amenaza y que el Tipo en realidad es una especie de avanzada. Suponé que esos otros dos del cordón son sus colaboradores, los que van a sacar el arma para abrirle la cabeza de un par de tiros cuando el Tipo diga que llegó el momento. Vos ponele, nomás.*

22

¿Saben qué es lo peor del pobre hombre?, nos preguntó la Colo una tarde de octubre. Había tocado el portero en lo del Pela y no la atendió, así que subió con nosotros a hacer tiempo hasta que él volviera. *Yo tenía que venir mañana, me parece*, nos dijo, *pero me doy una vuelta hoy porque necesito un bolso que me dejé en su casa.* No le dijimos que un rato antes había subido

la Rubia con su portafolio y una pila de apuntes. Con suerte, para cuando ella volviera a tocar el timbre en el 1A, la otra ya se habría ido y el Pela ese día haría doblete. Dichoso de él, si le daba el cuero. Sentada a la mesa de la cocina, tratando de tomar un poco de aire por la ventanita del lavadero, la Colo siguió con su teoría:

Lo peor no es la mugre, ni el olor, ni el perro ese horrible que tiene. Lo peor es que no habla. O eso me parecía antes, en realidad. Antes yo pensaba que no hablaba, pero sí.

¿A vos te habló?

No es que hable exactamente, no. Hace como un gemido. Hoy cuando llegué me enfocó con el ojo que le funciona y gimió. Toqué el portero y lo volví a escuchar, un ruido raro, casi como el de un perro. Por suerte llegaron ustedes y me abrieron, que ya me daba miedo. Díganme por qué, nos preguntó, abanicándose con la revistita barrial que usábamos para escurrir las milanesas, *díganme por qué no puede hablar como nosotros, por qué no nos da las gracias cuando le bajamos comida, esas cosas... ¿Por qué no dice un peso pa' comer, chica, Dios la bendiga, como dicen los demás que piden?*

Vos te quejás, pero ahora tu novio hace compost para no darle comida. ¿No fuiste vos la de la idea?

No, nada que ver. No hace compost. ¿De dónde sacaron eso? ¿Dónde va a meter una compostera en el departamento?

En el balcón, a lo mejor.

Ahora bajo y me fijo. Gracias por el agua.

Pasamos el resto de la tarde pensando qué habría pasado en el primer piso, si la Rubia se habría ido a tiempo o si se habrían cruzado las dos en el palier. ¿Era posible que con ese gemido el Tipo hubiera querido decirle a la Colo que mejor no subiera? Estamos seguros de que fue después de eso que se nos ocurrió recortar un pedazo de cartón de una caja que estábamos por tirar y escribir, con un fibrón negro, en letras bien legibles: *No sé qué hacer con mi vida*. A la mañana siguiente, cuando salimos a trabajar, el Tipo dormía abrazado a la mochila. Apoyamos el cartón en el vidrio de la boutique, al lado del colchón, y caminamos hasta la parada del colectivo tropezando de la risa, empujándonos contra las paredes. Aún hoy, cuando recordamos ese día, nos reímos un poco, a pesar de cómo terminó todo.

23

En noviembre Sin Corazón trajo un herrero y le pidió que tomara las medidas de la reja en la mismísima cara del Tipo, que se corrió al extremo más alejado del colchón para que no lo pisaran. Le indicó al herrero que la reja envolviera toda la entrada, tanto la zona de los escalones como la del medio muro que la separaba de la cochera. *Que no se nos pueda colar nadie, vio*, le decía. *Y que sea algo bonito, artístico, con firuletes, nada de barrotes de calabozo, porque mire que este es un edificio de categoría*. A la semana siguiente pasó el presupuesto por el grupo. Era astronómico, pero propuso pagarla él de su bolsillo y recuperar el dinero en doce cuotas, lo que no subiría tanto las expensas.

Mientras debatían por mensaje, a nosotros nos sorprendía ver cómo se bifurcaban nuestros intereses en lo relativo al Tipo. Sin Corazón se preocupaba por mantenerlo fuera de nuestra entrada, mientras que a nosotros nos habría bastado con saber por qué siempre volvía. ¿Y si regresaba porque vivió ahí alguna vez? El edificio era lo bastante antiguo como para que alguien de su edad hubiera crecido en uno de los departamentos. ¿Y si volvía porque era padre o hijo de alguien que vivía o que vivió ahí, y esperaba verlo pasar algún día? ¿Y si se olvidaba una y otra vez de a cuál de nosotros tenía que matar y reiniciaba por eso su vigilancia?

Siguió a esto una serie de acontecimientos que, dado el paso de los años, se nos mezclan en la memoria. No nos ponemos de acuerdo, por ejemplo, en si primero al Tipo lo cagaron a piñas y después aparecieron los trapitos o si fue al revés. Lo cierto es que el barrio se venía poniendo picante, con el quemacoches que cada mes incendiaba un auto más y más cerca del edificio y los morochos que se repartían la cuadra para cobrar estacionamiento durante el día, todo esto rematado por la biaba que le dieron al Tipo una mañana, entre varios, hasta que a alguien se le ocurrió llamar al 911 y al ruido de las sirenas los atacantes salieron corriendo. No hubo arrestos, solo una hospitalización bastante prolongada del Tipo, que fue a parar al Cullen con costillas quebradas, un ojo irremediablemente perdido y un par de dientes menos.

La agresión inició rumores contradictorios, sobre todo de la Rubia y la Colo, con quienes nos seguíamos cruzando de manera alternada: la Rubia pensaba que había sido un ajuste de cuentas por un robo, y la Colo que Sin Corazón les había pagado a unos barras para que el Tipo no volviera más. Sumpeligro se alineaba con la Rubia, Cuchillo en Liga con la Colo, Sin Corazón juraba que él no había tenido nada que ver, el Pela tenía cara de preocupado y, lo más sorprendente de todo: Gómez estaba inconsolable.

Cuando nos cruzamos con Sin Corazón le preguntamos, con cara intrigante para ganar su confianza, si no sería que alguien del pasado del Tipo había descubierto dónde se escondía y había querido matarlo a golpes. Estábamos esperando el ascensor, que demoraba más de lo debido.

No sé, la verdá que no sé. Lo hicieron mierda, vieron. Era la primera vez que veíamos a Sin Corazón cabizbajo, casi emocionado.

Es que si alguien se enteró de quién es, volvimos a proponer, con la esperanza que de una vez por todas dijera si el Tipo era un *dealer* en fuga o un ladrón de joyas, un policía encubierto o un asesino de guerra.

Miren, no sé quién es, ¿okey? Nunca supe. Al carajo, ya fue. No sé quién es el tipo. A ver si se dejan de romper las pelotas preguntando.

24

Nosotros no vimos la pelea, pero Gómez dijo que tres grandotes lo agarraron a palazos y con manoplas. No sabía decir si antes le habían hablado, si el Tipo gritó o si trató de salir corriendo. Resulta que Gómez estaba en la terraza y lo alertaron los gritos de vecinos que pedían ayuda; miró por sobre la balaustrada y vio, tres pisos más abajo, al tipo tirando piñas como un molino rabioso contra los hombres que trataban de acertarle con palos. El Tipo se defendía con alma y vida. Gómez bajó la escalera a las zancadas y llegó a ver el momento épico en que el Tipo clavaba rodilla en tierra y dejaba caer la cabeza hacia adelante a la vez que largaba el último puñetazo, que se perdió en el aire. Nos dijo que después cayó sobre la vereda, medio de costado por el envión de la piña. Pensamos en Patroclo, pero no le dijimos nada para no tener que explicarle que en una epopeya al despliegue de heroísmo rara vez se lo sobrevive. La ambulancia del 107 llegó rápido y al Tipo se lo llevaron en camilla. De la patota no se supo más por unos días. A la semana siguiente leímos en el diario que a otro indigente lo habían agarrado también a palos bajo la autopista y que a este, encima, le quemaron los bártulos.

Compartiendo la cerveza de la noche en el balcón nos preguntamos dónde habría aprendido el Tipo a pelear así. *Solo un boxeador*, dijimos, *solo un boxeador aguanta esa paliza sin caer al primer golpe*. Eso explicaría muchas cosas: si había boxeado en su juventud, se entendía que no le quedaran muchas luces prendidas en el arbolito, que no hablara, que tuviera un ojo reventado y una pobreza irremontable. En la red no conseguimos buenos datos de boxeadores desaparecidos, no porque fueran escasos sino porque, más que irse a vagar por el mundo o sufrir secuestros, parecían caer en el olvido. *Cada uno se desvanece como puede*, dijimos, *o como le toca*.

Gómez se ocupó de visitar al Tipo en el Cullen y nos dijo que una vez que recuperara la movilidad lo mandarían al psiquiátrico porque le habían descubierto unas marcas en los brazos que hacían temer que pudiera ser un peligro para sí mismo. Supusimos que no lo veríamos más, pero hacia principios de diciembre apareció nuevamente en su puesto, en un cuadradito de sol ardiente que se colaba entre dos edificios, sentado con las rodillas huesudas contra el pecho, un vendaje tapándole el ojo perdido, el labio todavía hinchado y una gorra de los Chicago Bulls que apenas le contenía la pelambre. Cuando pasamos a su lado levantó la mano pidiendo un mucho gusto que nos aseguramos de no ver.

25

Sin Corazón compartió en el grupo tres diseños posibles de la reja que quería poner para cerrar el ingreso y nos pidió que votáramos. Sería un voto por cada uno de los seis departamentos, así que como era de esperar, cada diseño se llevó dos votos. Alguien sugirió darle un voto a Gómez y nosotros dijimos que a lo mejor también tenía que votar el Tipo, pero nadie nos tomó en serio ni esperábamos que lo hicieran. Gómez no votó pero dio su opinión: uno de los diseños iba a juntar mucha tela de araña y sería un problema mantener limpio el sector alto de la reja. Reducida la votación a dos modelos, ganó el de menor precio. Sin Corazón dijo que ya mismo la encargaba para ver si la podíamos tener instalada antes de Navidad, aunque lo dudaba.

Hablando de Navidad, pusimos nosotros en el grupo, *¿vamos a dejar que el Tipo la pase solo? ¿Nadie lo va a invitar a su mesa para recibir al Niño?*

Cada tanto hablamos de esa época. Algo que nos parece que pasó en diciembre fue que Cuchillo en Liga armó un escándalo cuando le faltó la bici. La dejó un momento en el vestíbulo porque recién cuando bajó se dio cuenta de que llovía; salió a la carrera a hacer su compra y al volver no la encontró. Preguntó en el grupo si alguien la había visto y le dijeron que no, pero Sin Corazón no se aguantó y puso que el roña ese podía ser campana de los chorros, que no había que descuidarse. A partir de ese día todo se precipitó: la desconfianza hacia el Tipo creció de golpe, la urgencia por saber quién era también, y encima Gómez se nos puso místico.

Y ahora que nos hemos empeñado en recordar, nos parece que fue justo después del robo de la bici que hicimos el cartel que decía "Péguenme que me gusta" y se lo pusimos al lado cuando salimos a trabajar. Gómez nos dijo que lo sacó por si le pegaban en serio, que no fuéramos tan crueles. *Qué mala onda, Gómez.* Después de eso empezamos a poner los carteles los fines de semanas, cuando él no estaba.

26

El día que Cuchillo en Liga se decidió y le sacó una foto semidormido de cara al sol para subirla a las redes y ver si alguien lo reconocía y el Tipo podía al fin reencontrarse con su familia, no se dio cuenta de que al lado de su rodilla (él estaba sentado con la espalda contra el vidrio y una pierna se le había tumbado hacia el costado), justito al lado de la rodilla se podía leer uno de nuestros carteles: "Soy un asesino", habíamos escrito. Así subió la foto y así estuvo dando vueltas un par de días hasta que ella se dio cuenta y le preguntó a Gómez quién ponía semejantes carteles. Pobre Gómez, el de las lealtades divididas: dijo que él no había visto a nadie, que cuando llegó no se dio cuenta del cartel, lo quitó apenas lo vio y que ella sacó la foto justito cuando él acababa de entrar. Nos reímos un montón cuando Gómez nos contó de este intercambio, porque sin darse cuenta imitó a Cuchillo. Al hablar sacó los hombros hacia adelante y puso las cejas casi juntas como hacía ella, que cuando se enojaba lanzaba relámpagos por los ojos y hacía con la boca una estrella roja a punto de estallar.

También nos dijo Gómez que apenas puso las decoraciones de Navidad, el Tipo sonrió y le habló. A Gómez la Navidad siempre le exacerbaba las aspiraciones artísticas: nos iba consultando si poner la guirnalda plateada acá o allá, si queríamos arbolito o pesebre, si estaríamos de acuerdo con que ese año hiciéramos todo en blanco y oro. Con la nueva administración a cargo de nuestro facho versión local la compulsa estética se centralizó en el grupo de Whatsapp. Nosotros nos opusimos a todo lo que querían hasta que nos aburrimos y empezamos a decir a todo que sí, lo que resultó en una mezcla de decoración minimalista con naif: en la puerta Gómez terminó colgando un Papá Noel de fieltro y adentro puso un árbol medio abstracto que diseñó Bichito a partir de un instructivo que bajó de Internet. El proceso de armado del nuevo escenario del ingreso sumió a Gómez en un humor reflexivo. Andaba callado, Gómez. Y un día nos dijo, con tono de reserva: *Cuando el arbolito estuvo listo el Tipo me habló. Es un sabio, no saben.*

Un par de veces después de eso, cuando bajábamos del ascensor en el vestíbulo, llegamos a ver a Gómez en cuclillas frente al Tipo, apoyado en el medio muro. Gómez lo miraba y le hablaba, y el Tipo le sostenía la vista. Cuando abríamos la puerta Gómez se incorporaba de un salto para saludarnos pero se olvidaba de borrar de sus ojos la película de emoción que los velaba con cada diálogo. *Solo hay que saber escucharlo*, nos dijo un día que subimos a tomar sol a la terraza. *Claro que él elige con quién habla y me eligió a mí, ¿entienden? Me eligió a mí,* a Gómez. Gómez subía a la terraza a fumar. Se apoyaba en la balaustrada y vigilaba la vereda por si alguien amenazaba con estacionar frente a la cochera, acción que lo hacía bajar para trenzarse en una de imprecaciones y amenazas que eran una fiesta. Pero esos días parecía importarle menos si la cochera quedaba obstruida. Miraba pasar las nubes y daba pitadas profundas, de película de los sesenta. *¿Y qué dice el Tipo, Gómez? ¿Es un místico?* Nos miró por sobre el hombro, sonrió y sacudió un poco la cabeza. *No lo entenderían.*

Discutimos mucho qué hacer con la venta de la bici de Cuchillo en Liga, si irnos a pescar a una cabaña o salir a tomarnos todo hasta quedar bien fisura. Al final llenamos la heladera de cerveza. Y la cerveza nos puso creativos. En nuestro siguiente cartel escribimos "Buscado en tres provincias". El cartón estuvo apoyado sobre el vidrio junto al Tipo todo el fin de semana, hasta que Gómez llegó el lunes temprano.

27

El Pupi se comió las fresias, puso Sumpeligro en el grupo. Le dijimos que el Pupi ya no estaba abajo, pero ella juraba que lo veía cada tanto. *Agarrá los bidones y quemá ese perro, Gómez,* pusimos en el grupo. Bichito aseguró que el perrito ya no estaba, y que ella había preguntado en los refugios y nadie lo había visto. Dijo que quería adoptarlo, pero que seguramente se escapó la última vez que se lo llevaron al hombre. Todo eso escribió en el grupo, como si a alguien le interesaran sus intenciones filantrópicas con ese engendro del demonio.

Nuestro siguiente cartel decía "Patee usted aquí". Lo pusimos un domingo a la madrugada para ver si llegaba al lunes, pero alguien lo quitó a las pocas horas.

Gómez sabía que no le creíamos nada, pero insistía en contarnos cosas, tal vez para convencernos de que el Tipo tenía poderes. Nos dijo que desde que hablaba con él era capaz de ver los sueños de los propietarios. *Por el edificio anda suelto un sueño que tal vez sea del Tipo, o puede que sea de otro,* nos dijo una tarde en la terraza. En el sueño había un hombre que tenía una familia grande y que organizaba asados con sus amigos en el pueblo donde vivía. Cada tanto venía su hermano de la ciudad a pasar unos días con él y su familia, y siempre le daba plata para los chicos, porque el hombre del sueño era feliz pero andaba justo con el mango. El hermano le contaba cómo estaban los parientes de la ciudad. Un día al hombre del sueño le pareció que su lugar estaba en otra parte y se fue por la ruta, caminando, como si quisiera visitar al hermano en la ciudad, pero en realidad agarró para el otro lado. El hermano, a la vez, fue de la ciudad al pueblo y no lo encontró. Y el sueño seguía, uno buscando al otro, y se hacía un remolino que bajaba por el ascensor y ya Gómez no pudo ver más.

"Le pago al que me bañe", escribimos en nuestro siguiente cartel. Esta vez lo pusimos el sábado a la tarde y llegó intacto al lunes.

28

Cuchillo en Liga dijo en el grupo que alguien la había contactado pidiendo más fotos del Tipo porque creían haberlo reconocido. Su celular no sacaba buenas fotos y pedía la colaboración del edificio. *¿Nadie tendría una buena cámara o un buen celular para que la foto salga más clara?* Alguien se ofreció, no recordamos quién. A veces nos ponemos a hablar de esos tiempos y discutimos. Recordamos las cosas diferente. Por ejemplo, no nos ponemos de acuerdo en si Gómez decía que el Tipo era extraterrestre o si fue que vio otro sueño dar vueltas por el edificio. Lo cierto es que una tarde que subimos a tender los jeans al sol y lo encontramos fumando nos dijo que había empezado a descifrar algunas señales a partir de lo que le dijo el Tipo o del sueño que había visto, algo así. Dijo que había cosas que no todos veían. Que había un segundo perro, no el

Pupi, otro, y que no todos los veían, pero él sí, porque el Tipo lo había elegido para verlo: era un perro amarillo que venía de otra dimensión, del más allá, de donde venía el Tipo. Era cuestión de saber escuchar, de fijarse bien.

¿Ustedes vieron el perro amarillo cruzar la calle la otra siesta?

No, no vimos ningún perro.

A eso me refiero. A ustedes no los eligió para que lo vean. Ese perro no es de este mundo.

Ese fin de semana hicimos un cartel que decía "Llamando a la nave madre".

29

La cercanía de Navidad parecía haber afectado también a Cuchillo en Liga, que sonreía como nunca. En la despedida de año que hizo Sin Corazón en su departamento dijo que alguien había respondido a su publicación y que estaba esperando que los supuestos familiares del Tipo le escribieran. Con suerte, lo buscarían antes del 24 y podría pasar Nochebuena con los suyos. Mientras ella hablaba nos divertimos mirando cómo la rosácea de Sin Corazón se iba irrigando.

¿Vos pensás que si él quisiera no estaría con su familia? ¿Creés que se olvidó de su dirección?, le preguntó cuando ya no pudo más. *Esos vagos están en la calle porque se están escapando de algo, no seas ingenua.*

No podemos pensar eso de todos. Cada persona en situación de calle tiene una historia particular. A lo mejor en serio no sabe cómo volver, o no sabe cómo lo van a recibir si vuelve, contestó ella.

Y encima ahora está más solo, sin el Pupi, completó Bichito.

Sí, ojalá encuentre a la familia así deja de orinar en la puerta, dijo bajito Sumpeligro.

Todas las miradas se volvieron al Pela, que había ido sin la Rubia y sin la Colo. Estaba concentrado en su celular. Cuando percibió el silencio que se había hecho en los sillones, levantó la vista y se imaginó lo que le estaban preguntando.

Imposible hacer esa foto, dijo. *Para mí que alguien le avisó lo que íbamos a hacer, porque ahora no mea más en la cochera. Se va al local que está enfrente, el que tiene el cartel de alquiler, se mete en el zaguancito y hace ahí. Desde acá no se puede ver bien qué hace, así que no hay foto.*

¿Che, alguien quiere más pan dulce? Si no van a querer más se lo podríamos bajar con una copita de sidra, dijo Cuchillo.

La respuesta de Sin Corazón es irreproducible. La conversación siguió con una mención a la quema de coches, que había crecido en la ciudad de uno a dos por mes. Había empezado en los barrios alejados, pero parecía que los quemacoches estaban cada vez más envalentonados y se animaban ya al macrocentro.

Peor es lo que le hicieron al perrito, aunque no sé si serán los mismos que le prenden fuego a los autos, dijo Bichito. Se refería a un perro vagabundo, de los llamados comunitarios, que también había aparecido quemado.

Yo no puedo creer que hablen de coches y de perros cuando aparecen mujeres quemadas todos los días, dijo Cuchillo, y se levantó para irse. Nunca era muy divertido compartir reuniones con ella.

30

Gómez insistía con que por el edificio vagaba un puñado

de sueños sueltos y que él podía verlos. Nos contó que una noche la Colorada se quedó a dormir con el novio y soñó que su padre le daba la posibilidad de elegir. *Podés elegir*, le decía. Estaban en la cocina de su casa pero era la cocina de la casa de sus abuelos ya muertos, donde ella iba de chica. El padre le decía que podía quedarse a vivir ahí con él o podía irse a otra parte, pero que él la iba a seguir por todo el mundo para no dejarla en paz, para seguir cagándola a palos si llegaba tarde o andaba en la joda. Soñó que ella se iba corriendo y entraba en el departamento del Pela y que en la cama estaba su padre durmiendo, que era el Tipo. Entonces ella, sin despertarlo, bajaba y se hacía un ovillo en el colchón de la entrada, junto al Pupi, que todavía estaba y era un caniche toy.

Cuchillo se había empeñado en que la familia lo busque y se lo lleve antes de que lo fotografiaran meando, así que nos pidió que nos encargáramos de sacarle fotos. Le dijimos que sí porque nos pareció que sería divertido, pero cuando nos paramos frente al Tipo con los celulares y él levantó hacia nosotros su ojo negro pegoteado de algo blanco, a los dos —como después admitimos— nos corrió una descarga por el cuerpo, un frío viscoso que se volvió sudor. Había que hacerlo rápido, antes de que el miedo fuera demasiado fuerte, así que tomamos muchas fotos tratando de que salieran nítidas, sin detenernos en el parche que protegía el ojo perdido, ni en los cortes todavía visibles en lo más claro de los antebrazos, ni en el pelo color ratón que en algún refugio habían llegado a recortarle pero de un solo lado, como si él se hubiera resistido a que continuaran. Tratamos de dejar el pie vendado fuera del cuadro. Mientras estábamos ahí, sin hablarle, volvió a levantar la mano pidiendo un mucho gusto y nos dio la mejor foto: el Tipo con la mano alzada como bendiciendo, un rayo de sol cayéndole sobre la cara y el ojo lagañoso entrecerrado. Cuchillo colgó varias en sus redes y las envió a páginas de gente que buscaba familiares y amigos perdidos.

Cuando conversábamos en la terraza a la siesta o a la noche en el balcón coincidíamos en que era difícil imaginar al Tipo con familia. Nos jugábamos a que nadie respondería los mensajes de Cuchillo, pero un buen día puso en el grupo del consorcio que le había escrito alguien que decía ser su hermano y que iba a ir a verlo apenas pudiera. A los pocos días comentó que había recibido un segundo mensaje, de otra familia, pidiendo que deje de publicar esas fotos porque no querían saber nada de él.

31

A lo largo de aquellos meses el Tipo siempre tuvo qué comer. Mal que bien, todos contribuíamos. El espectáculo de caridad que hizo Sin Corazón al principio con sus bandejitas de plástico y el de solidaridad animal de Bichito con el tiempo se hicieron rutinarios, gestos de convivencia discretos, hechos como al pasar: él le bajaba la cena cuando sacaba la basura; mientras estuvo el Pupi, ella lo llevaba a hacer las compras por el barrio para que hiciera ejercicio. El Tipo tenía su plato caliente a la noche, su desayuno, que alguien le dejaba al salir al trabajo, algún bocado a la tarde. Él no agradecía, pero demoraba el ojo en la cara de su benefactor de turno y después se ponía a comer.

En Navidad nadie lo invitó a su mesa, pero se fue unos días, tal vez a un refugio. Apareció cerca de Año Nuevo con colchón y remera flamantes, prosperidad súbita que agitó el grupo de Whatsapp. *Bien puede al menos ayudar limpiando los vidrios, o cortando el pasto del cantero, algo,* decían. *Vive de arriba y encima tiene cama nueva, ropa nueva.* Nosotros agregamos que además vivía en el mejor lugar del Centro y sin pagar impuestos. *No queda bien,* puso Sumpeligro, *que un edificio de nuestra categoría tenga un croto en la puerta.* Cuchillo le salió al cruce con un comentario sobre la importancia desmedida que la burguesía le daba a las apariencias. *Por lo menos está bien comido,* opinó Sin Corazón, *lo que habla bien de nosotros. ¿Y la foto, pelado, para cuándo?*

El Pela repitió que el Tipo no meaba más en el rincón de la cochera. Dijo que lo había visto agachado entre los autos y que usaba el negocio de enfrente para mear. Sospechábamos que Gómez le había avisado de las intenciones de denunciarlo, pero nos cuidamos de no decir nada. El diálogo místico entre el portero y el Tipo nos interesaba cada vez más y estábamos decididos a no interrumpirlo. Una vez nos cruzamos con Gómez en el ascensor y nos dijo que en el medio muro donde antes se apoyaba el Tipo, justo donde ponía la espalda, había flores. *Miren cuando salgan, van a ver que es así. Flores.* Comprobamos que el muro tenía una rajadura finita y que las lluvias de verano habían hecho brotar un par de yuyos con florcitas celestes. No dudamos: de un tirón arrancamos el tallo y chau flores, chau santidad imaginaria. *No hay nada, Gómez,* le dijimos después. *Te habrá parecido.*

Sin Corazón no se iba a quedar de brazos cruzados. Dijo que la reja estaba lista, que él ya la había pagado y que se iba a encargar de ponerle punto final a la situación. Imaginamos que esperó horas en el vestíbulo de planta baja, o en la cochera, tal vez en el bar de la esquina, celular en mano. Lo cierto es que logró sacarle fotos al Tipo meando en el local de enfrente y en cuclillas entre dos camionetas, compartió las fotos en el grupo y dijo que las acercaría a la policía. No oímos más de él por unos días. Nos dio pena que lo haya enganchado, porque justo en ese momento reapareció Cinco Colores con un chico joven y se pusieron a hacer de trapitos con el colchón del Tipo como base de operaciones. Compartían mate de día, porrón de noche, trajeron dos perritos, era hermoso. Casi le preguntamos por Luquita.

El chico se iba por la noche, pero Cinco Colores se quedaba a dormir. Por unos días Gómez no pudo sostener con el Tipo sus diálogos espirituales, pero nos dijo que de todas formas su nueva habilidad de ver los sueños sueltos ya no lo abandonaba. *Por ejemplo*, dijo, dándole una pitada al pucho que siempre fumaba en la terraza antes de terminar su jornada, *hoy andaba por ahí un sueño de la mujer*. Parece que en el sueño Cinco Colores se paraba frente a un estrado de esos donde se reciben premios, como el Oscar o el Martín Fierro, con un vestido plateado y el pelo tirante para atrás, aros largos y todo tenía, y decía que si alguna vez volvía a hacer una película en la que tenía que vivir en la calle elegiría trabajar con gente que tome mucho, que tome cerveza y vino hasta quebrar y que sean generosos con el trago. Denunciaba que en la película por la que la premiaban nadie le pasaba la botella, ni en la filmación ni cuando salían juntos a comer. Recién esa noche le dejaban tomar una copa, que alzaba en ese momento para brindar por el premio. *Siempre recordaré esta noche*, decía al final, y lo último que se oía en el sueño antes de que se escurriera por el hueco del ascensor era: *gracias papá, gracias mamá, por todo el apoyo que me han dado.*

32

Un sábado de enero vimos llegar al Pela con la Rubia de un lado y la Colo del otro, los tres bastante fumados. Al día siguiente lo encontramos en el chino y cuando lo saludamos como si fuera un rajá se echó a reír y nos hizo un guiño. Sin Corazón estaba indignado porque la policía no se había llevado al Tipo, aun con evidencias concretas de que usaba la calle de baño. *Y encima no labura para el consorcio, no se ofrece a hacer nada*, decía. *Me está colmando la paciencia*. El lunes, cuando volvimos a verlo al Pela con las chicas, nos quedamos los cinco hablando de la situación en la esquina. Cada uno tenía su teoría: nosotros pensábamos que el Tipo estaba reloco, la Rubia decía que era un Bartleby, la Colo se preguntaba de qué signo sería y, mientras hablábamos, el Pela les rodeaba los hombros a ambas con evidente satisfacción.

Cuchillo preguntó en el grupo si sería posible preparar al hombre de abajo para cuando llegara su hermano. Como era de suponer, nadie quería hacerse cargo y encima se indignaron. ¿Qué se esperaba de ellos? ¿Que le paguen un corte de pelo? ¿Que le compren un ojo de vidrio? ¿Que lo bañen? ¿Y por qué no hacía ella esas cosas? Tras un penoso intercambio de recriminaciones, Sin Corazón dijo que el embellecimiento del vago ese estaba más allá de sus responsabilidades como administrador y dio por cerrada la discusión. Igual, que nosotros sepamos el hermano nunca apareció, y si lo hizo, pensamos, lo habrá mirado de lejos solo para comprobar que hacía bien en no acercarse a ofrecerle ayuda. Habrá sacado fotos, acaso, o hecho un video para llevar de vuelta y mostrarle a su familia lo que había sido de aquel que les dio la espalda tantos años atrás. No llegamos a enterarnos si efectivamente el hermano fue o no fue porque los sucesos se precipitaron y ya no hubo razón para preguntar.

33

Aunque de mucho nos hemos olvidado, coincidimos en pensar que en febrero Sin Corazón se hartó y le puso algo al Tipo en la comida para que se descompusiera. Esperó que Cinco Colores volviera a emprender su nomadismo para darle la comida con una purga tan fuerte que lo deshizo. Nos enteramos cuando vimos a Gómez baldear los escalones con cara de preocupado. Había puesto el colchón vertical contra el vidrio de la entrada para que la gente que pasaba por la vereda no viera las manchas que había dejado el desastre. *Se lo llevaron en ambulancia*, nos dijo. *Estaba blanco y se iba en colitis*. Podría haberse enfermado por mil razones, sobre todo en un verano tan cálido y con la poca higiene con la que se manejaba, pero cuando esa misma tarde apareció el herrero con la camioneta y empezó a atornillar la reja no nos quedaron dudas de que había sido Sin Corazón. Muchos tenían la misma sospecha. *Lo pudo haber matado*, nos dijo Bichito en voz baja, con ojos de susto. *Ojalá no pase nada y los dos perritos nuevos vuelvan, porque se fueron corriendo atrás de la ambulancia*.

El Tipo estuvo de vuelta a la semana, un alambre de flaco, ahora acompañado por tres perros en vez de dos. Gómez lo encontró sentado en los escalones de la entrada, con la espalda apoyada en la reja y los perros haciéndole guardia. Dijo que le habló, que le explicó que el colchón no se podía usar más después de lo que pasó y que le habían dado orden de mantener la reja cerrada. Se sentó a su lado y se pusieron a fumar. Así los encontramos, codo con codo, el Tipo custodiado por sus nuevas mascotas, la cara casi oculta por la visera de los Chicago Bulls y por la barba, y Gómez con las cejas como techo a dos aguas, como si hubiera perdido algo que sabía que nunca recuperaría.

Nos dijo Bichito que quiso revisar a los perros, pero no eran como el Pupi: le gruñeron, no la dejaron acercarse y hasta le tiraron un tarascón. Igual empezó a bajarles alimento balanceado a diario y se aseguró de que Gómez les renovara el agua de un cuenco que puso a la sombra de las plantas del cantero. El Tipo se quedó ahí, apoyado en la reja. Cada vez que la abríamos para entrar estiraba la diestra pidiendo un mucho gusto. "Vendo perros para hacer chorizos", pusimos en el que sería nuestro último cartel. Ya no nos causaba gracia la broma. A veces pensamos que ese fue el momento preciso en que nos dimos cuenta de que el lazo entre el Tipo y nosotros se había cortado definitivamente.

34

Ya nadie hablaba de él, nadie se quejaba. Era inútil. Empezábamos a darnos cuenta de que nunca se iba a ir: el Tipo tenía una fijación con el lugar, como si volver lo mantuviera vivo o, pensamos después, como si hubiera encontrado en el edificio una puerta de salida. Lo molieron a golpes, zafó del psiquiátrico, la familia lo desconoció, se lo llevaron con el frío, se lo llevaron por el Pibito, le sacaron fotos humillantes, le dieron una purga que resistió de milagro, pero siempre volvía a nuestra puerta. Nunca sabremos si su conducta revelaba algo evidente que nosotros no llegábamos a comprender o si sería que él no entendía que nadie lo quería en ese lugar.

Tampoco sabremos si llegó a darse cuenta de qué pasaba la noche que decidimos hacer algo de una buena vez. Veníamos bajándole un tetra por noche desde hacía un par de semanas. Elegimos el martes de carnaval porque habría menos gente en la calle y el Pela, que podía vernos desde su ventana, no estaba en la ciudad. Bajamos bien tarde. Apagamos la luz de la entrada y el farol de arriba de la cochera para que las cámaras no nos identificaran. Tratamos de explicarle que era por su bien, pero tuvimos que actuar rápido. Quemar autos nos había enseñado la mecánica, y la práctica previa con bolsos y colchones de linyeras nos había dado la velocidad necesaria y algunas técnicas útiles. Sabíamos que lo importante era la precisión del encendido, neutralizar la resistencia, trabajar con mangas largas para protegernos y, sobre todo, que no nos agarraran.

Nos dividimos la tarea: había que alejar a los perros hasta dar la vuelta a la esquina con una buena tira de costilla y a la vez derramar nafta en el pelo, los jeans y los trapos sobre los que dormía el Tipo en la vereda. Igual, como decíamos, intentamos que entendiera. Le dijimos *te juro que es por tu bien* al pegarle la cinta sobre la barba, donde calculábamos que tenía la boca, se lo volvimos a decir antes de encender los fósforos y arrojárselos. Salimos disparando en direcciones opuestas. Habíamos jugado las rutas de escape a piedra papel tijera: quien ganara se iría hacia el oeste con la idea de tirar el buzo y la visera por ahí y regresaría horas después, mientras que el que perdiera debería devolver el bidón al tingladito de Gómez y subir al departamento. La cámara podía llegar a captar una sombra, pero ¿quién estaría mirando el ingreso a la cochera a esa hora? Nunca sospecharon de nosotros. A veces nos entran dudas, pero la mayor parte del tiempo pensamos que hicimos bien, que a la larga era peor ignorarlo que ofrecerle un escape de la crueldad de este mundo a través del poder purificador del fuego. A los perros no les hicimos nada porque qué culpa tenían.

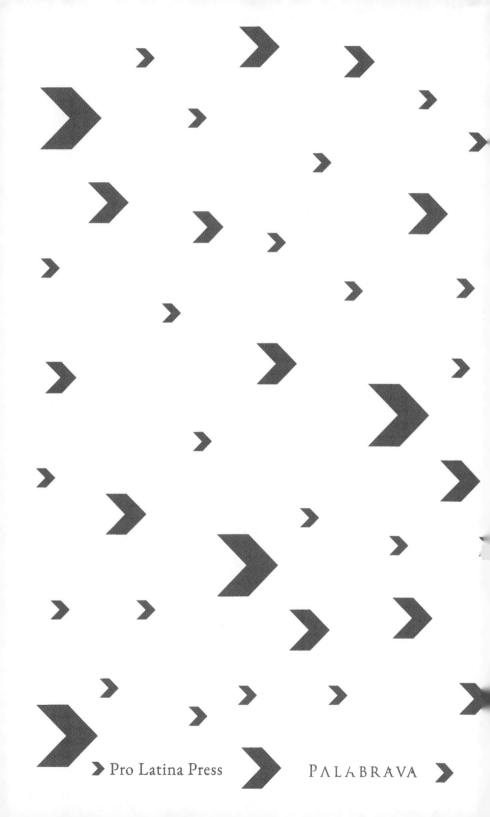

Pro Latina Press   PALABRAVA

Made in the USA
Columbia, SC
12 January 2022